Nelly,

és una novel·la de
personatges que no callen.
Fan viure i fan pensar,
ja ho veuràs!

Antònia

febrer 2024

CLUB DELS NOVEL·LISTES

VOLUM CXXXII

Antònia Carré-Pons

El càsting

CLUB EDITOR
BARCELONA

Al meu bon amic Marc Cerdó, escriptor,
que em va regalar la idea primigènia.

La idea

També em podries ajudar! ¿Que no ho veus, quin carregament que porto?

Obres la porta i ja botzines.

Només et demano que m'ajudis.

Dona'm. Ja les endreço jo, les coses. Tu seu i descansa.

No entenc per què sempre hi he d'anar jo, a comprar. ¿Quan et passarà, aquesta mania estúpida de no voler-m'hi acompanyar?

No és ni una mania ni és estúpida.

Ai sí, perdona. De vegades ja no me'n recordo, que des de la pandèmia t'han agafat unes pors inexplicables.

No són ni pors ni inexplicables.

¿I doncs?

Jo en diria precaució.

Si tothom fes com tu, ningú no sortiria de casa. ¿Qui aniria a comprar?

Truques, fas la comanda i te la porten. ¿Que no ho saps?

Reconec que hi ha molta gent que s'ha tornat com tu. Això no t'ho discutiré pas. Avui m'he llevat pacífica.

No entenc per què has de rondinar tant, si només cal que arrosseguis el carro, el posis a l'ascensor i l'entris a casa.

Així doncs, exagero. Potser tens raó que exagero, però qui ha anat a comprar soc jo.

I t'ho agraeixo. ¿Que no havíem quedat que faríem aquesta repartició de les feines? Em toca endreçar els paquets i mira, també faré el dinar, avui. De propina.

Et vols fer passar la mala consciència. Com la gent que dona un euro als pobres que malviuen al carrer i seuen repenjats en una paret, bruts.

Fas trampes, barreges conceptes.

No en faig mai, de trampes. Sempre m'ha agradat guanyar legalment.

Això és una conversa, no una competició. Passa'm les llaunes de tomàquet. I després les de tonyina.

Té. Posa-les al seu lloc estricte. L'última vegada que vas fer macarrons hi vas posar tonyina en escabetx i eren horrorosos. Com que no t'agrada llegir les etiquetes.

¿Que no has dormit bé, aquesta nit?

He dormit perfectament.

¿Que t'has trobat algú pel carrer que t'ha neguitejat? ¿Que t'han dit alguna cosa desagradable?

No. ¿Per què?

Per res, per res.

Els productes de la neteja van a l'altre armari, ¿quantes vegades t'ho he de dir?

Perepunyetes.

Que no m'agrada barrejar les coses, ¿tan difícil és d'entendre?

Que ja ho poso bé, no t'enfilis encara. No toca fins al vespre.

Ets molt impertinent, quan vols. Té, l'última cosa. L'has de col·locar al racó de l'esquerra.

Ja ho sé. Ja l'hi he posat, ¿ho veus? ¿Així va bé? Amb l'etiqueta cap endavant, com a tu t'agrada. ¿Fem les paus, Paula?

Fem-les.

A veure com les fem, doncs.

¿Què se suposa que he de dir?

Alguna cosa agradable, ves.

Quan hàgim acabat d'endreçar t'ajudaré a fer el dinar, Ernestina.

Sí que anaves carregada, Paula. Ja tenies raó de queixar-te. Quantes coses que han sortit del carro! Teníem el rebost ben buit!

Ens hem de preparar per si ve una guerra, ¿oi?

La pau no et dura ni una frase. Una guerra no ho crec, però ¿i si ens tornen a confinar?

No ho faran. Amb una vegada n'hi ha hagut prou. No es poden arriscar a destrossar l'economia.

No se sap mai. Les coses passen en un segon. Un segon que et pot canviar la vida.

En això et dono la raó. Perquè després diguis que només m'agrada discutir i guanyar.

¿Saps què em va explicar l'altre dia pel celobert, la Lluïsa?

¿Com vols que ho sàpiga si no m'ho dius?

El seu cosí, un home gran, però ple de salut. Va anar a dinar a casa seva fa quinze dies, s'estava recuperant d'una grip fortíssima, li va explicar que feia quaranta anys que no s'encostipava d'una manera tan terrible. Poc es podia pensar que no el tornaria a veure.

No siguis dramàtica, Ernestina.

Realista, soc. Ara és a l'hospital, intubat i sedat. Li han descobert una fibrosi pulmonar que feia mesos que es veu que incubava.

Ai, pobre.

Sí, fa molta llàstima, pobre home. Encara que no el conegui. La Lluïsa estava molt afectada, m'ha fet molta llàstima, també. Vas a dinar amb una persona, t'expliques coses, menges i beus, somrius, i resulta que és l'última vegada que la veus. De sobte, aquella trobada usual, banal si tu vols, es converteix en un episodi de gran transcendència. Colpidor.

No m'ho havies explicat.

No havia trobat el moment. Ja saps com soc, primer les he de pair, les emocions, per poder-les verbalitzar, Paula.

Potser se'n sortirà, pobre home.

Ho dubto. Una fibrosi pulmonar és molt greu. Fa més de deu dies que està intubat i sedat.

Així es morirà.

Molt em temo que sí.

Pensa que no canviarà res, si es mor. El sol continuarà sortint cada dia.

¿Cal ser tan crua, Paula?

Ho dic per desdramatitzar una mica. Naixem i morim. Cada dia moren milions de persones, al món.

Jo no parlo de persones en abstracte, parlo del cosí de la Lluïsa.

Ja ho sé, Ernestina. Però de vegades va bé aixecar una mica la mirada, tenir una visió global de les coses. I el cert és que la mort forma part de la vida. És el final lògic, l'únic.

Si em morís jo, ¿tampoc no canviaria res, per tu?

Dona, això seria molt diferent.

¿Un altre cop, Ernestina?

Ai, m'has espantat!

¿No vam dir que abandonaries aquesta mania teva d'espiar els veïns? Que no t'has trencat cap cama ni ets el James Stewart.

Des de l'altra banda del carrer no em poden veure. A més, estic mig amagada amb la cortina.

¿I què? ¿I si un dia algú et veu i et denuncia per vulnerar el seu dret a la intimitat?

¿Qui m'ha de denunciar? No faig cap mal.

A tossuda no hi ha qui et guanyi. És una qüestió moral. No està bé espiar la vida dels altres. Ja en vam parlar i vam quedar que ho deixaries córrer.

No me'n recordo.

Només et recordes del que t'interessa, tu.

T'agrada burxar-me, això és el que et passa, Paula. És el teu esport preferit.

Ja saps que no. Vinga, deixa estar els binocles. Fem alguna cosa de profit.

¿Com ara què?

No ho sé, treure la pols, endreçar els potets i barralets del teu tocador, que està fet un desastre, com sempre. Canviar les dues bombetes foses de la filera que tens a sobre del mirall.

Exagerada.

Desendreçada.

¿I si ens prenem un vermut?

Vinga. Amb unes olivetes. En vaig comprar unes de boníssimes.

¿Hi vols gel?

Avui dos glaçons.

Jo també. ¿Saps aquella noia que vivia al segon pis d'aquí al davant i que se'n va anar a Austràlia? Ha tornat. Ha arribat fa una bona estona, amb taxi, carregada amb dues maletes. Ha vingut per quedar-se.

¿I com que duia dues maletes, ha vingut per quedar-se? Tu què saps, Ernestina.

No ho sé per les maletes, que podria haver vingut només per passar una temporada llarga. Ho sé per la mala cara que feia.

¿I com li has vist la cara, des de tan lluny? Els binocles del teatre no són tan potents.

Quan haig d'espiar el detall faig servir els prismàtics. Els tinc a mà, aquí.

Ernestina!

Ai noia, doncs per què me'ls vas regalar.

Em van semblar un bon regal d'aniversari. Com que tens de tot i no sabia què comprar-te.

Tampoc no cal que siguis tan sincera.

Vaig pensar que algun dia els faries servir, però no pas d'aquesta manera.

Fa segles que no anem d'excursió a espiar ocells.

No tens remei, Ernestina.

Qui no té remei és ella, pobreta. Ja se sap, aquestes històries tan apassionades sempre acaben malament.

¿Què t'empatolles?

Va desaparèixer del barri de cop i volta, ¿te'n recordes?, es veu que es va enamorar com una boja i ho va deixar tot.

Ja fa uns quants anys, d'això. Va ser abans de la pandèmia.

Ai sí. Quina història més bonica. Van sentir la punxada del desig, es van buscar, es van trobar. El primer dia que van anar a sopar, no devien parar de mirar-se ni de somriure's i van veure com se'ls instal·lava una bola de foc al mig de la taula i de la conversa. Cap dels dos no podia renunciar a la passió que els inflamava.

Mira que n'ets, de fantasiosa.

Si a mi, a la seva edat, m'haguessin dit si volia anar-me'n a Austràlia i hagués estat bojament enamorada com ella, hauria fet el que ella va fer. També ho hauria deixat tot per seguir els dictats del cor.

Però no t'ho va demanar ningú, Ernestina.

Ai no. Però no tothom és capaç d'abandonar-ho tot per amor, ho has de reconèixer. Cal una gran dosi de valentia.

I una gran dosi d'irreflexió. Deixar la feina, les amistats, la casa, la família...

...abandonar-ho tot per amor, que bonic!

No ho va abandonar pas tot, si torna a casa seva.

Potser no es va vendre el pis, una propietat sempre és una propietat. Potser el va llogar i ara el compartirà amb la llogatera.

Tens respostes per tot, això és ben cert, Ernestina. Però ¿no trobes que abans de prendre una decisió tan radical s'ha de contemplar el risc que la cosa no surti bé?

Quan se't posa una bola de foc al mig de la taula el primer dia que parles una estona llarga amb una persona per mirar-la al fons dels ulls i saber com és, quan tens el cor com una teia encesa, és impossible pensar que hi pugui haver cap risc.

¿I tu què saps? No la vas pas veure, aquesta foguerada.

Amor és fum que es forma de vapors i de sospirs, i si el bufes és un foc que fa brillants els ulls dels que s'estimen. He vist com s'abraçaven pel carrer, com es feien un petó abans de separar-se, des de la finestra s'obté molta informació.

I segur que n'has parlat amb la Lluïsa.

En el seu moment esclar que en vam parlar.

Si fossis escriptora en podries fer una novel·la, de tot això que t'inventes.

Quina mandra. No m'invento res i per sort no soc escriptora. D'ençà que va marxar, aquest és el tercer cop que ve d'Austràlia. Abans sempre havia vingut acompanyada. Si ara ve sola bé deu voler dir alguna cosa, ¿no?

Que potser no l'han poguda acompanyar, ves.

¿I la mala cara que feia?

Potser no es trobava bé. Potser s'havia marejat durant el vol. De vegades hi ha turbulències.

Tu també tens respostes per tot. Però les teves sempre són massa pràctiques. ¿Què seria de les nostres vides sense fantasia?

Un paisatge erm. M'ho has dit moltes vegades, Ernestina. Et conec de memòria.

Et cau una llàgrima. ¿Que plores?

No és res.

Vinga, Ernestina, digue'm què et passa. Abans podies plorar sense motiu, però ara ja no som al teatre. ¿Què tens?

Por.

¿Por? No em facis riure. ¿Por de què? Si no surts de casa.

Potser és per això que no surto de casa, ¿no ho has pensat?

Ja veig que va de debò. Parlem-ne seriosament.

És una sensació molt estranya, no te la sabria explicar. Tinc la por clavada a l'estómac.

Però ¿per què?

Et dic que no ho sé. ¿Que estàs sorda?

Va dona, no t'enfadis. Explica-m'ho a poc a poc.

Cada matí quan em llevo, abans d'obrir els ulls m'espero una mica. Tinc por d'haver-me quedat cega.

¿Cega?

Si m'interromps no t'ho podré explicar, Paula.

Perdó.

¿A tu no et passa? ¿No penses, quan et despertes, que potser avui és l'últim dia?

No, a mi no em passa, la veritat.

Acabo de parlar amb la Lluïsa pel celobert. Aquesta tarda m'ha convidat a casa seva. I m'ha agafat por.

De debò, Ernestina, que cada vegada t'estàs tornant més estranya.

¿I si quan surto al replà hi ha un paio amagat a l'escala que m'ataca per prendre'm les claus de casa i robar-nos-ho tot? M'arrossegarà per terra i em deixarà baldada.

Ernestina! És molt improbable!

El món és massa perillós per les dones. Si ets jove, et poden violar pel carrer o en una discoteca, un paio sol o una colla de paios que potser són més joves que tu. Si ets gran, et poden enredar amb un perfil fals en qualsevol xarxa social, fer-te creure que t'estimen i quedar-se't tots els estalvis.

El món se t'està fent petit, Ernestina.

Al contrari, se m'està fent gran. Cada dia m'hi sento més desorientada, ¿que no ho entens?

Però dona, és molt improbable que et passi res de tot això que dius només per sortir un moment al replà de l'escala.

El que em fa por de debò, Paula, és que em facin por aquestes coses. Prou que ho sé, que teòricament no hi ha cap perill al replà de l'escala.

Potser la por que tens no ve de l'exterior.

¿Què vols dir?

Que el que et fa por és una situació nova, per més insignificant que sigui, per més que fa uns anys no hi haguessis donat importància. ¿Quant temps fa que no surts ni al replà de l'escala?

Uf. Ja ni me'n recordo. Força temps, deu fer, sí.

Massa temps, Ernestina. I no és bo. Aquí dintre tot és molt confortable, saps què passarà a cada moment.

S'hi està bé, a casa.

Potser la por que tens no ve de l'exterior.

¿Vols dir que la tinc a dintre? ¿Que l'alimento jo sense cap motiu?

Sense cap motiu, no. Segur que n'hi ha algun, de motiu. Però potser l'has de buscar a dintre teu i no al replà de l'escala. Això és el que vull dir.

Ah. Tinc por d'una experiència nova i desagradable, segons tu.

Exacte. M'has entès perfectament.

No t'ho creguis.

Va. Rumia una mica.

¿Què em pot passar si no surto de casa? ¿Vols dir

que em puc posar malalta? ¿Que tinc por d'una malaltia inesperada? ¿Que sense adonar-me'n penso en el pobre cosí de la Lluïsa?

Podria ser. ¿Per què no? La malaltia i el patiment fan por a tothom, sobretot si tens una edat respectable. Jo m'estimo més no pensar-hi. Viure el present. Tu hauries de fer el mateix i no pensar en el futur, perquè el futur que ens espera és tan galdós que val més obviar-lo.

¿I quin és aquest futur tan galdós? Ara no t'entenc.

Mira que ets atapeïda, de vegades, Ernestina.

No tothom té la sort de tenir una ment tan clarivident com la teva. ¿Quin és aquest futur tan galdós que ens atraparà encara que no sortim de casa?

Prou que ho saps. Que no n'ets tant, de curta, ostres.

¿I si fem un vermutet i ens deixem de romanços?

Et fan por les paraules, Ernestina.

Potser sí. La paraula.

Ernestina, ¿per què no vas a buscar els prismàtics i m'expliques què hi passa, pel món?

Ernestinaaaa!

¿Què vols?

Vine a ajudar-me. Avui m'he llevat feinera.

Mare de déu, ¿què fas? ¿Què és tot aquest enrenou?

Llenço coses que no faré servir mai més. N'hauries de prendre nota i endreçar el teu tocador. Segur que la meitat de l'arsenal de brotxes i pinzells que tens deu estar feta malbé. I més de la meitat del desgavell de potets de crema i de maquillatge et deu haver caducat.

La pila de les teves carpetes i arxivadors conserva un ordre PI-TA-GÒ-RIC també fora de l'armari. Tu sí que no tens remei, Paula, ¿quina importància té com les posis si el que vols és llençar-les?

Té, agafa això i posa-ho allà a la dreta.

Encetem una nova pila. ¿Els apunts i les fitxes didàctiques també les vols llençar?

No les tornaré a fer servir mai més. No cal guardar rampoines.

Però si hi ha espai de sobres, al teu estudi. Potser no caldria una actitud tan dràstica.

¿I per què no? Cal fer espai pel no-res. És una manera d'anar-me acostumant al final de la vida, Ernestina.

Aix. Que n'arribes a ser, de pesada. ¿També has llençat els certificats dels cursets?

Ja no em pagaran cap més trienni ni cap més sexenni.

¿I el títol també l'has llençat?

No he gosat. És allà, desat al calaix de baix.

Veig que encara et queda una mica de senderi. ¿I les raquetes? ¿També les penses llençar?

Mai de la vida! Desprendre-me'n seria com si em deixés tallar un braç.

Però si ja no jugues. ¿Quants anys fa que no trepitges una pista de terra batuda, Paula?

Uns quants.

Jo diria que no tornaràs a agafar una raqueta mai més, aquella lesió del colze va ser terrible i a l'edat que tens...

No siguis malvada, Ernestina. De les raquetes no me'n puc desfer, punyeta, tenen massa significat per mi. ¿Que no ho entens?

I tant que ho entenc! Ara no sé qui l'ha començada, aquesta conversa.

A veure, aparta't un moment, deixa'm agafar la raqueta. La tensió del cordatge encara s'aguanta, mira quin cop de drive, mira quin revés. Encara me'n recordo.

¿No vols pas anar a pilotejar al passadís? ¿O a la terrassa?

Trobo a faltar la música del piloteig, perquè és música, sí, encara que a tu no t'ho sembli, música de dues notes.

Ui sí, que bonic. El cop. El bot. Dues notes.

No ho pots entendre. Si no has tingut una raqueta a les mans i l'has sentida com si fos una extensió del braç, no ho pots entendre. No saps què és la gosadia del cos que s'estira i es tensa ni la precisió del moviment que projecta la pilota cap endavant. Les cames, el tronc i el braç han de dibuixar la línia que condueix la bola just allà on l'ha pensada l'ull. No en pots saber res, Ernestina, de l'esforç que s'amaga al darrere de cada gest, exigeix una coordinació perfecta! Els peus plantats a terra com un arbre, el cos enfocat allà on ha de botar la pilota, el braç que s'alça i l'acompanya sense abandonar-la mai... I els ulls! Els ulls que no han de perdre de vista l'impacte fins que el cop no està ben acabat. I tot això s'ha de fer en qüestió de segons, has d'haver automatitzat tots els moviments perquè et surtin espontanis, has de reaccionar sense pensar, de manera immediata, com quan la vida et planta un destret al davant. Has de reaccionar al destret amb embranzida si no vols que la vida et passi pel damunt.

Ui, DES-TRET, no he sentit mai ningú que faci servir aquesta paraula. ¿I ara m'explicaràs que la manera com jugues a tennis reflecteix la manera com t'enfrontes a la vida? ¿Que si només fas cops defensius, sense arriscar-te a fer cops guanyadors ni a pujar a la xarxa, vol dir que ets una persona passiva? Amb poca iniciativa, i que sense iniciativa no es va enlloc. I que tu ets de les que prefereixen llançar-se a la piscina.

El tennis és un joc d'intel·ligència, Ernestina, t'has de saber adaptar a les circumstàncies, has de preparar el punt i guanyar-lo quan sigui el moment, no t'has de precipitar. A la vida has de saber fer el mateix. No em diràs que no és una bona metàfora.

Que es pot aplicar a qualsevol esport.

El tennis t'enfronta amb tu mateixa, amb les teves fortaleses i amb les teves debilitats, perquè el repte en realitat no és amb la jugadora contrària, sinó amb tu mateixa, amb la teva manera de jugar i de ser.

La teva manera de ser me la conec del dret i del revés. I tu ja no jugaràs mai més.

Ara has sigut cruel.

Calla!

Però si no he dit res.

Parles amb els ulls. Guarda't aquesta mirada reprovatòria.

Uix! RE-PRO-VA-TÒ-RI-A. ¿Que l'has treta d'algun dels teus diàlegs? ¿No podies fer servir una paraula més normal?

¿Com ara quina? ¿Inquisidora? ¿Censuradora?

Acusadora, hauria anat més bé.

Para de mirar-me així. Només m'estic maquillant molt lleugerament. Un coloret suau, un pintallavis tènue, res que sigui estrident. I no em diguis el que penses.

Ernestina, que ja no tens edat per tanta filigrana.

Ernestina, que ja no tens edat per tanta filigrana.

He vingut en so de pau, Ernestina. Encara que no sé per què punyeta et maquilles, si no surts mai.

Coi. Em maquillo perquè em ve de gust. ¿Sempre han de tenir una raó, les nostres accions? Perquè de vegades en fas cada una, tu.

Quan hagis acabat, t'explicaré la idea que he tingut.

Dues coses alhora encara les puc fer. ¿Què se t'ha acudit? Em fas una mica de por.

Vinc de la fisioterapeuta. M'ha deixat com nova.

¿Ah sí? Et veig igual que quan t'has llevat.

He pensat que li podríem dir que vingués a casa a fer-te un massatge de tant en tant. És important tonificar la musculatura, Ernestina. I tu el màxim exercici que fas és passejar-te amunt i avall pel passadís.

Ni parlar-ne! ¿Que t'has begut l'enteniment? No m'agrada que em toquin mans estranyes, ja ho saps.

Abans bé que t'agradava. Et recordo aquella vegada...

Calla. Et recordo que has vingut en so de pau.

És que no pot ser, Ernestina. No surts de casa, no et bellugues. Aviat et quedaràs encarcarada com una vella.

No faig pas cap mal a ningú. Ets molt pesada, quan vols resoldre la vida de la gent.

¿Quan va ser l'última vegada que vas sortir al carrer?

Quan em van operar el galindó. Ja fa quatre mesos.

Aquesta no compta.

Estic perfecta. M'ha quedat el peuet preciós. I ja no em fa gens de mal.

Només faltaria que te'n fes, després de quatre mesos.

¿Saps què he pensat, Paula? Ara ja em puc fer operar d'una altra cosa. Hi he de rumiar.

No siguis animal.

Em puc fer treure les arrugues dels ulls. O la papada. O operar-me els penjolls dels braços. O treure'm els plecs de la panxa.

¿Els plecs de la panxa? Però si no te'ls veu ningú més que jo i a mi no em fan nosa.

Soc una addicta al quiròfan. M'agrada que em posin anestèsia i que m'insuflin aquella felicitat.

No siguis romàntica, Ernestina. Si quan vam haver d'anar a l'hospital perquè t'amputessin el galindó et vas marejar. I això que només era amb anestèsia local.

Precisament per això. Si s'ha de perdre la consciència, prefereixo perdre-la tota.

Posa-me'n una mica més. És bo, aquest whisky.

¿Oi que sí? El xicot de la vinateria me'l va recomanar especialment, quan li vaig dir que ens agradava el de malta.

Les olivetes i el fuet també són molt bons.

Esclar. El fuet l'he comprat a la xarcuteria que ens agrada tant. Abans hi anàvem plegades. ¿Te'n recordes, de com era la vida d'abans?

No t'embalis. Brindem per nosaltres.

I pel passat que no tornarà.

¿Saps què em ve al cap, ara? ¿Te'n recordes d'aquella vegada que vaig tornar de l'assaig tota enriolada? Era el primer paper de vella que m'havien donat.

Ai sí! Ens vam asseure en aquesta taula i ens vam prendre un whisky mentre m'ho explicaves. Tu ja en duies un de coll.

Ai sí! Havíem assajat l'escena que la meva filla i jo ens barallàvem amb violència, em ficava la mà a l'oli roent d'una paella, jo cridava perquè em feia molt de mal.

L'escena de la paella. Ha ha ha.

Vam haver de repetir-la tres vegades perquè hi havia una frase que no m'acabava de sortir.

Quan estàs espessa no hi ha qui et guanyi.

Acosta'm el fuet. ¿Que te l'has posat més a prop teu perquè l'has anat a comprar tu?

A dalt de l'escenari, l'escena era brutal, me'n recordo com si l'estigués veient. D'un dramatisme ES-PAR-VE-RA-DOR. Tu estaves estupenda.

Van trucar a la porta. Quin tip de riure que ens vam fer! Eren dos mossos, els veïns havien sentit els crits i els havien telefonat, espantats. Els vam deixar entrar al pis i quan van veure tota la parafernàlia i jo i la Marta que ens pixàvem de riure, es van posar a riure ells també. Els vam convidar a una copeta, per les molèsties, però no van voler beure res, estaven de servei. Nosaltres sí que vam beure. Un bon whisky amb patates, olives i formatge, i vam donar l'assaig per acabat.

Quan vas arribar a casa, només de traspassar la porta ja em vaig adonar que te n'havia passat una de bona. Se't veia tan contenta. No hauries d'haver deixat el teatre.

Quan només t'ofereixen papers de vella, arriba un moment que te'n canses.

¿De fer de vella?

De veure que només et posen la vellesa al davant del nas. Ja ho sabia, que els papers de jove i seductora m'anaven grans, però encara podia fer bé de dona madura. Però no, només m'oferien papers de vella decrèpita. Fer-se vella és una merda.

Dona, hem de saber veure les coses bones que té cada edat. Amb la vellesa hem adquirit molta experiència.

No siguis tòpica.

Tens raó, és un tòpic. Però amb la vellesa s'adquireix calma, i aquesta sí que és una gran virtut. La joventut és impulsiva i la impaciència de vegades provoca desastres. Sobretot la impaciència del cor.

I també fa viure aventures. Si la noia d'aquí al davant, per exemple, no hagués actuat impulsivament, no hauria viscut una gran història d'amor i sexe a Austràlia. I tot això que té per endavant. Abans la impaciència que no pas la calma, ves què et dic.

Doncs jo, ¿saps què et dic? Que prefereixo el sexe d'ara que no pas el de quan érem joves. És més reposat, sí, però més tendre, molt més intens que abans.

És ben bé que ja no te'n recordes, ni del desig descontrolat ni de les rebolcades, Paula. La guineu, quan no les pot haver, diu que són verdes.

¿Fem un altre glopet?

Fem-lo. Va, brindem.

¿Te'n recordes, del dia que em vas dir que deixaves el teatre?

Ai sí. Un dia molt trist.

Plovia. Érem a l'hotelet de Calella, a davant del mar.

I ens miràvem la tempesta i les onades.

Tu ploraves perquè acabaves de prendre la decisió més important de la teva vida.

Ai sí.

I de cop i volta, et vas eixugar les llàgrimes i et vas posar a riure com una boja. Em vas espantar i tot. Et devies pensar que eres a l'escenari.

Era un riure histèric. De dolor.

Vas llençar el mocador a la paperera i vas cridar, gesticulant amb els braços, així. Ja n'hi ha prou d'aquest color, sempre he pensat que la metàfora aquesta de fer coincidir els plors amb les gotes de pluja és la cosa més tronada del món, vas dir. Però encara vas plorar una bona estona.

Tu em vas mirar en silenci i em vas deixar plorar.

I et vaig abraçar, no te'n descuidis. Va ser un moment de tendresa entranyable. Em vaig sentir molt a prop teu, Ernestina.

¿A prop meu? Si em vas deixar sense respiració.

¿Jo? ¿Què vaig fer? Però si no et vaig dir res!

¿Que no vas dir res? La memòria és capriciosa.

Tu ploraves. Jo et vaig deixar plorar. Vas parar de plorar i vas cridar allò de la metàfora. Jo et vaig escoltar en silenci. Tu vas tornar a plorar i jo et vaig abraçar.

Abans d'abraçar-me em vas mirar als ulls i em vas dir una frase que em va ferir com un llamp.

¿Jo?

La memòria és capriciosa i selectiva.

Per això mateix. Potser ets tu qui fa una trampa involuntària.

¿Jo? És a mi que em vas tocar la fibra. Me'n recordo perfectament, del que em vas dir.

No devia ser tan terrible, si jo ho he oblidat.

Vas posar aquella cara cínica que et surt tan bé i em vas dir exactament això: les actrius, ja se sap, teniu tendència a la hipèrbole, al drama. Em vas abraçar, això sí. Vaig tenir el consol del gest i la salvatgia de les paraules.

No me'n recordo. No t'emprenyis, va, Ernestina,

que quan t'enfades se t'infla aquesta veneta de la cella esquerra.

De vegades pots ser ben insensible. El dia que vaig decidir que no tornaria a pujar mai més a l'escenari va ser el dia més amarg de la meva vida, ho hauries hagut de saber veure. Com es nota que no saps el que és haver de renunciar per sempre a la màgia i a la força que t'atorguen els personatges, ¿et penses que és fàcil, dotar d'ànima un personatge? Perquè el personatge ets tu i no ets tu, tot alhora, vius dues vides mentre duren els assajos i les representacions, la teva i la de ficció se't barregen i ja no saps quina és més real, camines pel carrer i vas pensant com diràs aquella frase o com faràs aquell gest que no acabes de trobar. I de sobte se t'acut i ja ho tens i llavors el cor t'esclata de l'alegria immensa. I la vida es fa plena perquè el personatge i tu sou una unitat, de la mateixa manera que quan no tens un paper per representar et sents sola i perduda en un món que de sobte és incomprensible i obscur. Actuar ho és tot, tot. Mai no t'has fet càrrec de què significa haver de renunciar-hi. També als lligams intensos i profunds que s'estableixen amb la companyia o amb el director, que si és un bon mestre de cerimònies t'ha de fer brillar com una estrella rutilant. Cada obra de teatre, amb les lectures, els assajos i les representacions, és una història d'amor que comença amb un gran enamorament i acaba amb una enyorança terrible per culpa de l'absència. No et pots imaginar la transcendència que té haver de renunciar a tot això. No ho pots entendre.

Frena, Ernestina, que et petarà la veneta. Si les coses van anar com tu dius aquell dia, em sap greu haver-te decebut.

En el seu moment ja t'ho vaig perdonar.

Però encara te'n recordes.

Això sí. El perdó i la memòria poden ser ben compatibles.

Sortim a la terrassa, que ens toqui una mica l'aire.

¿I què fem? ¿Comptem els cotxes que passen?

Fa dies que rumio una cosa. No diguis que no d'entrada, Ernestina, abans de dir que no deixa'm acabar d'explicar-me.

Ai caram, ¿i per què he de dir que no, si es pot saber? ¿Per què pressuposes que diré que no? ¿Tan terrible és això que em vols dir?

De terrible no n'és gens. Només és que et conec i sé que no t'agraden els canvis ni els moviments.

¿Però de què punyeta parles?

Parlo d'una cosa que se m'ha acudit. Mira, Ernestina. Tu i jo vivim bé, ja estem acostumades l'una a l'altra. Però trobo que estem molt soles. Que ens relacionem massa poc. Sobretot tu, que no vols sortir de casa.

Jo trobo que veiem la gent justa.

Vivim en un pis que és massa gran per nosaltres dues.

Això ho dius tu. Tenim l'espai necessari per estar-hi juntes i per tenir la nostra independència. Paula, ¿on vols anar a parar? No pretendràs pas que ens venguem el pis i anem a viure en un de més petit!

Esclar que no. ¿Et penses que m'he trastocat? Quin enrenou, vendre'ns el pis!

¿Doncs què vols dir? M'estàs fent posar nerviosa.

Calma't, que no n'hi ha per tant. Ja t'he dit que em deixessis explicar-t'ho bé tot, abans de dir res, i no pares d'interrompre'm. Coi, Ernestina, una mica de paciència.

Ja callo.

Això ja ho veurem. Tenim quatre habitacions prou grans, la cuina, dos quartos de bany, el menjador.

Ja sé com és casa nostra. ¿Vols anar al gra?

¿Ho veus, com no pots callar?

¿Vols fer el favor d'anar concretant?

Hi ha una habitació que no la fem servir. La podríem llogar.

¿Llogar-la? ¿Vols viure amb una persona estranya?

Quan faci un temps que visqui amb nosaltres, ja no ho serà, d'estranya.

T'has begut l'enteniment.

Calla d'una vegada, dona. Estem massa recloses. Cada dia tenim més manies. Sobretot tu, Ernestina.

Ets molt amable.

Ens aniria bé deixar entrar aire fresc a la nostra vida. Podríem llogar l'habitació a una persona jove. Seria una experiència estimulant per totes dues. I deixaríem les normes molt clares. Tindria dret a l'habitació i al quarto de bany petit. El gros, ens el quedem per nosaltres. L'ús de la cuina i el menjador el regularem amb un horari, de manera que no coincidirem durant els àpats. Només ho farem si nosaltres decidim que sí. Però per començar, la persona que deixem entrar a casa farà vida independent. No ens molestarà gens, només hi parlarem quan a nosaltres ens vingui de gust.

Ho tens tot apamat, Paula.

He tingut temps per rumiar-hi bé. Amb els diners que ens pagui, podem fer venir la Marcel·la a netejar un parell de dies més, així nosaltres no tindrem feina, i encara ens en sobraran. Ja ho sé que no en necessitem, de diners, però mai no van malament.

No em diguis que ho fas pels calés. ¿Per què els vols? Si no anem enlloc.

No és pas per culpa meva, si no anem enlloc. No ho he pensat per guanyar diners. Ho he pensat per tenir estímuls vitals, que ens convenen a totes dues. A tu també, no ho neguis.

¿I si la persona que ve ens encomana la covid?

Però si ara ja no cal ni portar mascareta.

Si és una persona jove, segur que farà vida social, sortirà amb gent. Amb molta gent diferent. ¿I si ens porta una malaltia infecciosa a casa? Dels pulmons, que ara n'hi ha moltes. He sentit que cauen com mosques. Mira el cosí de la Lluïsa, pobre.

També hi he pensat. Una de les normes de convivència serà que no pot portar ningú a la seva habitació. Mai.

Aquesta sí que és bona! ¿I si ho fa d'amagat?

¿Vols parar de buscar cinc peus al gat? El que hem de pensar, Ernestina, és en els inconvenients i en els beneficis. I en la meva opinió, els beneficis són molts més que no pas els inconvenients. Ens anirà bé a totes dues, n'estic convençuda. Mira, ¿et penses que no me n'adono, que cada dia rondino més, que se m'està tornant agre el caràcter? No vull convertir-me en una vella insuportable. I tampoc no m'agradaria que t'hi tornessis tu, perquè deunidó de com t'estàs transformant, encara que no ho vulguis veure. La més valenta de les dues sempre he sigut jo i és per això que soc la primera a reconèixer els defectes. No cal que prenguem la decisió ara mateix. Rumiem-hi uns quants dies, una setmana. Va.

El càsting

Ernestina, ¿què fas vestida així? ¿Que potser m'hauré de posar roba de tennis, jo, per rebre les visites?

Les espantaries.

Encara et petaran les costures. Dubto que t'hagis pogut cordar bé la cremallera lateral. Per si de cas, ves agafant aire a poc a poc. No facis cap respiració profunda.

Doncs me n'he ensortit, què et penses. He hagut d'encongir una mica la panxona, això sí.

Deixa'm que et miri bé. Sembles la Katharine Hepburn de les últimes pel·lícules, sempre tan elegant perquè va tapada fins al coll i fins als canells, només se li veuen la cara, les mans i el vestit que li arriba a terra. M'encanta!

Oh! Això sí que és un elogi! ¿Com és que has canviat d'opinió de manera tan radical?

M'hi he repensat. El fru-fru de la seda m'enlluerna. Trobo que fas prou goig, encara.

És el vestit més discret que he trobat de la marquesa de Merteuil.

Truquen. Anem a obrir totes dues, vinga.

(Espera't. Deixa'm observar primer qui hi ha.)

Ernestina, mira que t'agrada espiar la gent!

(Xxxt. No parlis tan alt, que et sentirà. És molt jove. Sembla tímida i bondadosa. Porta texans i una samarreta blava. És molt prima, sembla una gasela. Morena, de pell i de cabells. Cabells llisos. Cua alta. M'agrada.)

(Potser que obrim.)

(Espera't. A veure què fa. Comprova l'hora al mòbil. Se'l posa a la butxaca. ¿Per què no torna a trucar?)

(¿Que no dius que és tímida?)

(Ara es posa bé la cua. Ara tornarà a trucar.)

(Ja n'hi ha prou, de comèdia. Obrim!)

(Obrim. Ja estic a punt.)

(Xxxt.)

¿Isseymi Tapia? És una noia. ¿Ho veus, Paula? Tenia raó jo.

Ella és l'Ernestina. Jo soc la Paula, ja ho has sentit, maca.

¿Quina mena de nom és, aquest?

Passa, maca. Farem l'entrevista a la terrassa.

La casa ja te l'ensenyarem després.

Pots seure aquí, al davant nostre.

¿I bé? ¿Quina mena de nom és, aquest?

Ernestina!

Tinc curiositat. No et facis l'educada que tu tampoc no l'havies sentit mai.

En realitat em dic Issey Miyake, però tothom em diu Isseymi.

Que continua sent un nom ben estrany.

El va triar la meva mare. Treballava en una perfumeria quan vaig néixer, i aquesta colònia li agradava molt.

Ai cony! És la primera vegada que conec una persona amb nom de colònia.

Ernestina, ¿vols fer el favor de comportar-te? No en facis cas, maca, ella és així, sempre lladra, però no mossega mai.

Tens nom de colònia i la pell una mica fosca. No ets d'aquí, ¿oi?

Sí. Vaig néixer a Cornellà.

Els teus pares han de ser estrangers. És això el que volia dir. Ets filla de la immigració.

Ernestina, ¿a tu et sembla que aquesta és una bona manera de començar l'entrevista? Disculpa-la, maca.

Remarco el que és evident.

Per això mateix és una aportació supèrflua. Isseymi, no et vol ofendre. Ella i jo sabem que no existeixen els immigrants de segona generació. Ets catalana, tu, com nosaltres.

Comencem l'entrevista de debò. Isseymi. Això només ha sigut un aperitiu. No et pensis que ara t'oferirem un beure.

Isseymi, maca. Ets molt jove. ¿Quants anys tens?

Vint-i-tres.

¿I com és que vols llogar una habitació?

Visc a casa amb els pares, però vull fer la meva. De moment, amb el sou que guanyo només em puc pagar una habitació.

Deus ser una persona ben esquerpa, encara que facis aquest posat de mosqueta morta. Segur que no tens amigues, si no, hauries llogat una habitació amb gent de la teva edat.

Prefereixo viure amb persones grans. Valoro la meva independència.

Bona opció. Amb nosaltres no hauràs de compartir experiències ni res. Faríem vides ben separades, en el cas que et lloguéssim l'habitació, esclar. Ara em comences a agradar.

¿I de què treballes, maca?

Faig pastissos per una wedding planner que té molt èxit.

¿Què cony és això? Paula, no cal que em donis cops a la cuixa. Encara em faràs mal.

Isseymi, explica'ns-ho una miqueta, que nosaltres som dones del segle XX.

És molt senzill. M'agrada molt cuinar i en sé força, de fer pastissos. Així és que m'han contractat per fer els pastissos, fa dos mesos que he començat i tot va molt bé amb el wedding planning.

A veure, noia. Hauràs de començar pel començament si vols que t'entenguem. ¿Què és el wedding planning? No, no ho busquis al mòbil, explica'ns-ho amb les teves paraules. ¿Tu ho havies sentit mai, Paula? I ara no et facis la sàvia dient que sí.

No sé què és, ho reconec.

És una empresa que s'encarrega de tot si vols organitzar una festa d'aquestes que et transformen la vida, com el casament. O també poden organitzar comunions, que la meva mare diu que és la segona festa més important de la vida d'una persona, primer hi ha el casament, després la comunió. ¿No els ho sembla, a vostès?

Nosaltres no ens hem casat mai i de la comunió ja no ens en recordem. Són bestieses socials, ves què et dic. O sigui que si ara ens volguéssim casar, ho diem a la wedding planner aquesta per qui treballes i ella ens ho muntaria tot, ¿oi?

Sí. Els preguntaria quin tipus de cerimònia prefereixen, si religiosa o civil, s'encarregaria de buscar un lloc per fer-hi el convit, de les flors, de la decoració de la sala, dels vestits del nuvi i de la núvia, del menú, de les targetes per convidar la gent, de les targetes del menú, de la música, de tot. Primer fa unes entrevistes per saber els gustos que tenen i a partir d'aquí fa propostes fins que troba el tipus de festa més adequat per cadascú.

I tu fas el pastís.

Sí. A demanda dels clients. Si els agrada el color verd, el faig verd, si el volen que faci joc amb les flors i amb la decoració, ho faig. Si volen que hi posi un violí, hi poso un violí de xocolata o de sucre a dalt de tot, el que vulguin.

A mi, si em casés, m'escauria un pastís amb un teatrí. A tu, Paula, te l'haurien de fer amb una raqueta.

Si ho he entès bé, la wedding planner s'encarrega de contractar totes les persones que organitzaran la festa: la floristeria, el restaurant, el jutge o el capellà, l'orquestra, el que sigui.

Exacte. És així com vostè diu.

O sigui que aquesta paia cobra per no fer res.

Pensi que organitzar-ho tot i coordinar-ho bé és difícil. Requereix disciplina i organització.

Segur que es deu haver d'estudiar i tot, per fer aquesta feina.

I tant! Són uns estudis universitaris, de gestió i organització d'esdeveniments.

Marededeusenyor, mira que haver d'estudiar una carrera universitària per organitzar quatre festetes! És ben bé que el món ha perdut l'enteniment. El casament o la comunió o el que punyeta organitzeu deu costar deu vegades més que el preu real. A la nostra època, qui feia la festa es buscava el restaurant i es comprava el vestit i tota la pesca.

La nostra època ja no existeix, Ernestina.

¿I també organitzeu festes de divorci? Trobo que seria una bona pensada.

No m'han encarregat mai un pastís per cap divorci. Sí que organitzem festes per descobrir el sexe del nadó, amb globus blaus si és un nen i globus roses si és una nena. I jo faig el pastís de color blau o de color rosa.

¿I on els fas, els pastissos? ¿No tindràs pas la mala intenció de voler-los fer a la nostra cuina?

Ernestina...

En realitat, qui m'ha contractat és una empresa de càtering. Treballo en una nau industrial, allà tinc tot el que necessito. L'habitació la vull per descansar i per dormir.

Aquest és un altre tema important. A casa no hi podràs portar ningú, és una de les nostres normes. Però suposo que a tu no et costarà cap esforç perquè com que acabes de dir que no tens amistats...

Això ho ha dit vostè. No jo.

És obvi que tampoc no tens parella. Si en tinguessis no series aquí.

Ernestina, no ho saps, això!

I tant que ho sé! Se'n diu intuïció. ¿Oi que no tens parella? Confessa-ho.

No, no en tinc.

¿Ho veus, Paula? Són útils, tants anys d'escenari.

¿Que era actriu, vostè?

¿Era? No siguis poca-solta, noia. Si ets actriu ho ets tota la vida, encara que ja no pugis a l'escenari. Et faré la pregunta d'una altra manera. ¿Surts molt de nits? O sigui: ¿arribes a casa molt tard?

Faig el que fa una noia de vint-i-tres anys. Hi ha dies que surto a la nit i hi ha dies que no. Però no les molestaré, no es preocupin. No em sentiran arribar, no faig soroll.

Ui. Tinc el son molt fluix, jo, sento volar una mosca.

Isseymi, la teva habitació seria la que hi ha prop de l'entrada. Mentre no facis un gran enrenou, no et sentirem pas, maca.

¿Tens vicis importants? ¿Alcohol? ¿Drogues?

Ernestina!

¿Què passa? Bé que hem de saber qui ens fiquem a casa.

Només bec cervesa. I no fumo ni em drogo, poden estar tranquil·les.

¿Tranquil·les? ¿Com vols que estiguem tranquil·les? Només la inconsciència de la joventut pot proporcionar tranquil·litat. Nosaltres hem arribat en aquell punt que ja podem copsar tots els paranys i això ens fa viure en un neguit constant, creu-me, noia. Issey Miyeki. Quin nom més estrany.

Ernestina! ¿Què t'empatolles, ara? Que no som en una obra de teatre.

Miyake. Issey Miyake. Però és igual.

¿No sentiu el cant de les tórtores? De tan monòton com és, trobo que fa companyia.

Mira la tórtora que s'acaba d'aturar a la barana, noia. Quan s'adoni que parlem d'ella, fugirà. Té por de les persones i fa ben fet, les persones poden ser molt inhumanes. Tu ets massa jove per saber-ho, encara.

Ernestina, ¿vols fer el favor? No saps per quines experiències ha passat, la Isseymi, potser ha tingut una vida més difícil del que podem deduir pel seu aspecte benèvol.

¿Per què amagues les mans a sota de la taula? ¿Tens les ungles brutes? ¿O és que te les mossegues? Les mans diuen moltes coses d'una persona. Hi ha mans que gesticulen massa, mans que gesticulen massa poc i mans que gesticulen en el punt just. És una de les coses més difícils en la vida d'una actriu, saber què fer amb les mans. ¿T'hi has fixat mai, noia? La Bette Davis a les primeres pel·lícules sempre portava un mocadoret de puntes. Després en va anar aprenent i ja no el va necessitar. Però tu no saps qui és la Bette Davis, esclar.

No senyora, no ho sé.

Això m'agrada, veus. Que reconeguis les teves mancances. Ningú no pot saber-ho tot, en aquest món. Tens coses que m'agraden. D'altres que no, esclar.

Isseymi, maca, si et lloguéssim l'habitació, ¿quan t'interessaria instal·lar-t'hi?

Quan a vostès els vagi bé, però de seguida que pogués.

¿Tens ganes de començar una nova vida, ¿oi, noia?

Sí. Tot i que em fa una mica de respecte.

Sembla mentida que la vida humana estigui sotmesa al canvi constant i que nosaltres d'entrada sempre els rebutgem, els canvis. Sempre ens fan por, Isseymi, perquè signifiquen la renúncia al confort habitual, però amb el temps ens acabem adonant que el canvi ha tingut efectes positius, creu-me. I acabem beneint-los, els canvis. Potser ja ho saps, això, encara que siguis molt jove. Hi ha joves que han viscut més que moltes persones grans, no en tinc cap dubte.

¿I les mans? M'agradaria veure't les mans. Si et guanyes la vida fent pastissos, has de tenir unes mans suaus i fortes alhora. Bé has de poder amassar la farina i agafar pesos i fer tasques delicades, gairebé d'artista. Posa-les a sobre la taula, fes el favor, noia.

...

Són rabassudes. Potser una mica massa. Ungles arranades i sense pintar, això sí que està bé. Pell brillant, de persona jove.

Ernestina, ¿per què endreces les teves a la falda? ¿Que tens por que quedin malament al costat de les de la Isseymi?

¿Tens germans, Isseymi?

Sí, senyora. Tinc quatre germanes més petites. El pis on vivim té tres habitacions i ara que les meves germanes ja han crescut, hi ha poc espai.

Ah. I és per això que busques una habitació pròpia. ¿Ho saben, els teus pares, que vols marxar de casa?

Sí. Ho han entès. No tenen estudis, però són bona gent, són sensibles.

Volen el millor per tu, esclar.

Sí.

No ho és tant, de clar. Els progenitors no sempre volen el millor per la seva descendència. La meva mare...

Ernestina! No comencis. Deixa-la en pau, a ta mare.

Paula, no sé què et passa. Trobo que estàs molt en contra meva.

La tórtora encara és aquí. Sembla mentida.

¿Què vols dir, que ja l'hauríem d'haver espantat? Aquí l'única que aixeca la veu ets tu, Paula, quan dius el meu nom. Nosaltres parlem ben calmades. ¿Oi, noia?

Les tórtores són uns animals molt fidels. Diuen que viuen amb la mateixa parella tota la vida. I que quan se'ls mor, sobreviuen tristes la resta dels seus dies.

Vós qui sabeu de la tórtora el costum, encara me'n recordo, d'aquell recital de poemes. Colguen les gents amb alegria festes, lloant a Déu, entremesclant deports, places, carrers i delitables horts sien cercats amb recont de grans gestes!

Ernestina! Per favor! ¿Què pensarà, la Isseymi?

No tens gens de sensibilitat.

Aquesta tórtora deu ser viuda. Va sola, pobreta.

No ens agraden els animals de companyia. No

pretendràs portar cap gos ni cap gat a casa, ¿oi que no?

No. No en tinc cap.

Ni cap ocell, tampoc. No suporto les gàbies ni els ocells. Va, fuig, tórtora, fuig!!

Ai caram, ¿ara no t'agraden els ocells, Ernestina? No ho sabia! Si sempre surts a la terrassa a donar molles de pa a les tórtores i als coloms. Si jo diria que aquesta tórtora és la que ve cada dia.

No m'agrada que es morin de gana, això és tot. Però les bèsties amb plomes em fan fàstic.

Ves a saber per quines experiències traumàtiques ha passat, aquesta pobra tórtora que acabes de fer fora a caixes destemplades. La vida a la intempèrie ha de ser molt dura, Ernestina. Nosaltres per experiència no ho sabem. Per sort.

I tu, noia, ¿per quines experiències traumàtiques has passat? ¿Que et feien bullying a l'escola?

Ernestina!

¿O és que potser t'han violat o has hagut de viure segrestada en un soterrani fosc?

ER-NES-TI-NA!

¿Per què has escanyat el gest d'aixecar-te? Ja veig que no goses donar per acabada l'entrevista.

Ernestina, t'estàs excedint. Estàs violentant la Iseymi sense cap motiu.

No t'enfadis, noia. Només t'estem posant a prova. Volem saber com reacciones davant d'una situació inesperada i desagradable. Imagina't que un dia arribes a casa i et trobes que s'ha calat foc a la cuina. ¿Què faries? No et quedis muda com un estaquirot.

Avisaria els bombers.

No. Jo diria que no faries res. No has reaccionat a cap de les nostres provocacions. I ara has trigat massa a respondre.

ER-NES-TI-NA!

¿Que no havíem quedat que ho faríem així? ¿Què cony et passa?

Per avui ja n'hi ha prou. Valdrà més que ho acabem aquí. No, no et moguis. Ja l'acompanyo jo a la porta, la Isseymi.

Em sap molt de greu, maca, que hagis hagut de passar per aquest interrogatori tan desagradable. No acostuma a ser tan agra, l'Ernestina, de debò. No sé què li passa, avui, potser és el vestit. Es deu haver posat tant en la pell del personatge que va representar fa mil anys que ha perdut l'educació i les bones maneres. De debò que em sap molt de greu.

No s'hi amoïni. No és culpa seva.

Aviat et direm alguna cosa. Apostaré per tu, Isseymi, em caus bé. No hi ha dret que hagis hagut de passar per aquest interrogatori tan humiliant. No ens guardis rancúnia, ¿eh? Adeu, maca.

No s'hi amoïni, de debò. Passi-ho bé.

(Xxxt. Deixa'm espiar què fa mentre espera l'ascensor.)

(Ernestina!)

(Es deixa anar els cabells. Es treu un pintallavis de la bossa i es pinta els morros d'un vermell més pujat que el del meu vestit. Ostres.)

(¿On deu anar?)

(A fer pastissos segur que no. O ha quedat amb el nòvio o se'n va a lligar.)

(Va. Anem cap dins.)

(Espera't. Ara obre la porta de l'ascensor. Ara mira cap a la nostra porta. Ens fa llengotes. Hòstia. Ens escup.)

Es defensa. Fa ben fet. Haurem de netejar l'escopinada. I ho hauràs de fer tu.

¿I per què jo? ¿Que no hi érem totes dues, a l'entrevista?

Ernestina, és que no tens remei. ¿A tu et sembla que hem sigut totes dues igual d'amables? T'has comportat fatal amb una persona desconeguda, perdona que t'ho digui. O sigui que l'escopinada la neteges tu. No tens perdó de déu.

No tinc perdó de déu.

No.

No n'hi ha per tant, dona.

¿Com que no? Encara em faràs empipar de debò. No l'has deixada respirar ni un segon, pobra Isseymi. ¿I què volia dir allò que ho havíem decidit així? No havíem decidit res, tu i jo.

Tu i jo, no. Però la marquesa i jo, sí.

¿Quina marquesa?

La marquesa de Merteuil.

Ai collons! Quina barra que tens, Ernestina, no tens perdó de déu, de debò que t'ho dic. Has fet una actuació brillant, dedicada únicament a humiliar una pobra noia. Treu-te aquest vestit, fes-me el favor.

He sentit com em corria la sang per les venes, Paula. Feia molt de temps que no em sentia tan viva. Aquesta sensació no té preu. Em sap greu que tu no ho puguis entendre.

Si continues fent aquestes grans interpretacions, ja et dic jo que no la llogarem pas, l'habitació.

...

Oh. Una altra vegada t'has quedat sense veu, Paula. Quin greu que em sap. Ja el preparo jo, l'esmorzar.

...

És una bona murga. Ara feia molt de temps que no et passava. Mesos, diria jo.

...

Paciència. Tal com ha vingut se n'anirà. Sempre és així, ja ho saps.

...

¿Què tens, aquesta vegada? ¿Que potser em vols dir alguna cosa i no saps com?

...

Comprenc el teu gest, deixa quieta la mà. Ja callo.

...

Aquí tens la teva torrada. Deixa'm mirar què diu la llibreteta... Agnès. Aquesta vegada no tenim dubtes amb el sexe.

...

A no ser, esclar, que se'ns presenti una persona transsexual. O de sexe no binari, ¿oi que en diuen així, ara?

...

No et neguitegis, ja callo. És ben bé que t'enfiles per ben poca cosa.

...

A mi m'és igual qui vingui, que ja em coneixes, que no tenim prejudicis, nosaltres. Dret al propi cos, és el que cridàvem a les manifestacions de la nostra època. ¿Te'n recordes? I jo era de les que duia la pancarta i anava al davant de tot. ¿Vols més te?

...

Tingui l'aspecte que tingui aquesta Agnès, em comportaré. Estigues tranquil·la. Qualsevol diria, Paula.

...

Quieta, la mà. No facis aquesta cara, dona. De vegades és impossible tractar amb tu, és que t'imagines més coses de les que dic. Sempre en fas un gra massa.

...

¿Quina hora és? Ui! Ens hem encantat una mica. Tinc el temps just d'anar-me a canviar. Acompanya'm, va. El vestit ja el tinc pensat.

...

Treu-te les mans de la cara, que no n'hi ha per tant. ¿Oi que semblo una damisel·la del segle XIX?

...

Una mica revellida, d'acord. Ets implacable. Muda i tot, ets implacable. Deixa de mirar-me d'aquesta manera. Els teus ulls són dos punxons, quan vols.

...

És de *L'oncle Vània*, el vestit. Hi feia de Sònia.

...

Cada dissabte venies a la representació de la nit. Quins temps aquells, Paula. Ja no tornaran. Però deixem estar la nostàlgia. Em va massa estret. Feia més goig quan era la Sònia. En fi, no hi pensem. De vegades és millor viure en la I-NÒ-PI-A intel·lectual, que diries tu. A mi em sembla un concepte massa rebuscat, què vols que et digui. No tenir res és molt trist. Prefereixo la IN-CONS-CI-ÈN-CI-A, que vol dir que les coses les saps, però que te les amagues per poder continuar vivint. Anar vivint, anar veient. És de Txékhov. Una frase magnífica. Un monument a la mediocritat que ens és tan necessària.

...

Tens raó, no és hora de posar-nos a filosofar, que esperem visita. Té, ara truquen. No sempre que truquen hi ha algú.

...

Ja ho sé, soc massa teatral. ¿Què vols que hi faci? Anem a obrir totes dues, així causarem més bona impressió. Ja parlaré jo, no t'hi amoïnis.

...

Ulls de la Paula, pareu de renyar-me, sisplau. ¿Ets l'Agnès, oi? Passa, maca. Ella és la Paula, jo, l'Ernestina.

Bon dia.

Anirem a la terrassa, hi estarem còmodes. Nosaltres ja hem esmorzat, però et podem oferir un te o un cafè, si et ve de gust.

Un te, moltes gràcies.

No te la miris d'aquesta manera que no és muda, la Paula. S'ha quedat afònica. De vegades li passa, no sabem per què. I li marxa també de manera sobtada. Li dura unes quantes hores i prou. Hem visitat diversos metges, però no hem aclarit mai res. De fet els metges no saben res, però deixem estar aquest tema, que m'embalaria. El cosí de la Lluïsa, pobre, com que està ingressat a l'hospital, cada dia està pitjor. Seieu aquí totes dues, ara porto el te. ¿En vols una altra tasseta, Paula? ¿No? D'acord. Doncs una per l'Agnès i una per mi. I unes galetetes.

...

Aquesta afonia li va començar una vegada sortint del metro. Si pogués parlar, t'ho explicaria amb tots els ets i uts. Et diria que va ser un dia que anava a l'escola, era mestra, ¿saps?, i sortint de l'estació de Pubilla Casas una alenada d'aquell vent que circula per les boques del metro la va deixar muda de cop. Se'n va adonar en inhalar l'aire, que perdia la veu. En exhalar, l'aire es va endur la veu qui sap a on. I va trigar tres mesos a recuperar-la. Tres mesos de baixa i sense haver-se-les de tenir amb les criatures, quina delícia! Va haver d'anar a classes de foniatria i tot. Li feien fer uns exercicis, domdiii, domdiii, quan arribava a casa me'n feia tot el repertori. Va aprendre a impostar la veu i la va recuperar amb normalitat. Això sí, li va quedar aquesta seqüela, que és que de tant en tant emmudeix temporalment. Per sort, sempre li torna la veu de sobte.

...

A tu no et deu interessar gaire, tot això, ¿oi que no, Agnès?

Tampoc em molesta que m'ho expliquis. Així ens anem coneixent, val més que comencem aviat, si hem de viure juntes.

No corris tant. Primer hem de fer l'entrevista. I has de saber que tenim més candidates.

...

M'ho imagino.

¿Quants anys tens? No sembles una adolescent.

Trenta-quatre.

¿I com és que busques una habitació? Ja hauries d'estar situada a la vida, a la teva edat.

...

He trencat amb el Miquelet. I vivia al seu pis, o sigui que m'he de buscar la vida. No vull tornar a casa del pare ni de la mare.

¿Ni a casa del pare ni de la mare? ¿No viuen junts?

Fa deu anys que estan separats. Però tenen bon rotllo, no passa res.

¿I tu, hi tens bon rotllo?

Sí. Ens veiem de tant en tant. Quan hi vaig, a casa de l'un o a casa de l'altra, sempre en surto amb uns quants calés.

Tens sort. ¿Tens germans?

Soc filla única.

Així només t'han de donar calés a tu.

M'hi entenc bé amb tots dos, s'hi pot parlar de tot. Però soc massa gran per tornar al niu. Només hi tornaria en un cas de desesperació.

I per ara no ho estàs, de desesperada.

No. ¿Per què ho hauria d'estar? ¿Perquè hem trencat amb el Miquelet?

¿Quant fa, que heu partit peres?

…

Fa deu dies que ho vam decidir de comú acord. Feia temps que la cosa no rutllava, al final no ens ho hem pogut amagar més. M'ha donat dues setmanes perquè em busqui un altre lloc on viure. Procurem no coincidir gaire, al pis, i ja està.

T'ho prens molt bé. Té mèrit.

Quan tens trenta-quatre anys i has trencat amb set parelles, t'hi acabes acostumant.

Noia, o no te l'estimes gaire o ets massa racional.

…

Això no vol dir que no hi hagi dolor, no et pensis. He après a tolerar-lo. Això és tot. No té cap mèrit. Suposo que tu també n'has viscut, d'experiències així. Vosaltres, vull dir.

Quan tens una vida llarga com la nostra, ja has après que t'ha tocat representar tots els papers de l'auca: estar més enamorada que l'altra, estimar qui no t'estima, deixar i ser deixada. I qui deixa sempre té un cert avantatge sobre qui és deixada. Prendre la decisió, vull dir, dona una mica d'avantatge i de serenor. En el vostre cas, si ho heu decidit de comú acord, compartiu la serenor afegida a la tristor.

No cal tenir una vida llarga per aprendre tot això. Jo ja ho he après.

Esclar. Em comença a esparverar la teva llengua, Agnès.

...

Soc inofensiva. I massa prima per fer mal a ningú.

No parlo d'un mal físic, òbviament. No sembles tenir gaire força, ets prima com un filaberquí. I asseguda d'aquesta manera, amb aquesta catxassa, desmanegada a la cadira, no sembles una persona gaire energètica.

...

Tinc l'energia que em cal per fer el que és imprescindible.

Caram! Això sí que és tota una declaració de principis! ¿Has mirat altres habitacions?

No. Aquesta és la primera.

Mira que bé! Trobo que no tens gaire pressa, noia. Ja has consumit deu dies dels quinze que t'ha donat el Miquelet.

Necessito el meu temps per prendre decisions i per fer les coses.

Però si la decisió ja estava presa, la història s'ha acabat, ¿no?

Em calia temps per assumir que me n'havia d'anar. I també per decidir on havia de viure.

Quan jo era jove, si tenia un problema intentava resoldre'l tan aviat com fos possible.

...

No totes les persones som iguals. Ho hauries de saber, a l'edat que tens.

No siguis insolent, noia. Que no te la llogarem, l'habitació.

Perdó. No t'emprenyis.

¿Com et guanyes la vida? Perquè l'habitació l'hauràs de pagar. I el menjar no hi va inclòs, al preu, ja ho saps.

Bé que he menjat fins ara. Ho continuaré fent.

Digues. ¿Què has estudiat? ¿De què treballes?

¿Tenir estudis universitaris seria un plus per llogar-me l'habitació? Com si no hi hagués moltes persones universitàries que són ben imbècils.

No tiris pilotes fora, maca. La Paula vol saber què has estudiat i com et guanyes la vida.

...

I jo també.

Vaig estudiar ciències empresarials quan tocava. Ja fa molts anys que em vaig graduar.

O sigui que vas acabar la carrera.

...

¿I per què no l'hauria d'haver acabat? Tens prejudicis, ja ho veig. ¿Que jutges les persones pel seu aspecte o per la manera com seuen?

Poden ser indicis de moltes coses, aquests detalls. Però continuem. Ets graduada en ciències empresarials. ¿I bé? ¿Com l'explotes, la teva titulació?

Porto la comptabilitat d'una cadena de pastisseries i d'un rendista.

¿Tens dues feines? No ho hauria dit mai.

Faig mitja jornada en l'una i unes quantes hores en l'altra.

¿Quin horari fas?

El que a mi m'interessa. És el que té de bo aquesta feina. Faig poques hores presencials. La major part de la feina la faig amb l'ordinador i a l'hora que em convé.

O sigui que treballes des de casa. Vull dir que treballaries des de l'habitació, si te la lloguéssim.

Sí. No necessito res més. M'agrada estar-me a casa. Precisament, una de les coses que ens fa discutir amb el Miquelet és que m'agrada passar-me les tardes al llit, si no tinc res a fer.

¿I què hi fas, tota la tarda al llit?

Escolto música, miro sèries.

¿Llegeixes?

¿Per què? Les sèries ja m'ho expliquen tot.

Pertanyem a mons massa diferents. Nosaltres hem llegit molt, al llarg de la vida.

...

¿I què? També us morireu.

Ets directa com un cop de puny, Agnès.

¿I això és bo o dolent?

Ja m'ho rumiaré. De moment, el que observo és que a tu no et fa callar ningú.

Deu ser bo, tenir respostes per tot.

Què vols que et digui. Depèn. ¿Et poso una mica més de te? De fet, com que ets tan decidida per segons què, si en vols més posa-te'l tu mateixa.

Me'n serviré una mica més, doncs. ¿Te'n poso? Ja veus que puc ser servicial.

No, gràcies. Amb el de l'esmorzar i aquesta tassa ja faig. Continuem. Si treballes poques hores també deus cobrar poc. ¿Vols te, Paula?

...

En tinc prou per viure. És obvi que si cobrés molt no em caldria llogar només una habitació.

¿I no t'agradaria tenir més diners?

El que no m'agradaria és haver de treballar més. Necessito viure tranquil·la, sense pressions. Tenir un parell de mesos de vacances a l'any. M'agrada agafar la motxilla i desaparèixer del món un temps llarg, sense tenir contacte amb cap conegut. Necessito la meva llibertat, ¿saps?

¿I com t'ho feies, amb el Miquelet?

L'estiu passat no estàvem junts.

I si un estiu tens parella, ¿com t'ho fas?

O la parella ve amb mi o me'n vaig sola uns dies. Llavors no ho allargo dos mesos. No marxo tan lluny.

¿On has viatjat?

A molts llocs. Hi ha vols molt barats, si et programes amb temps. A Mèxic, al Perú, a Bolívia, a Madagascar, a les Filipines, a Tunísia, a l'Equador... Segur que me'n deixo algun, de país.

Prefereixes Sud-amèrica, ja ho veig.

Sí. Tinc amics per tot arreu, després de tants anys de voltar. M'allotjo a cases particulars, no necessito luxes. Amb un sofà o un matalàs a terra en tinc prou. I no em cal una dutxa diària. El que necessito és saber que m'escapo de la monotonia, que puc viure la vida tal com la vull.

I no t'interessa una feina de vuit hores al dia.

Exacte. No em vull llevar cada dia a les set del matí i passar-me hores i hores tancada en una oficina.

En canvi, et passes les tardes tancada a la teva habitació i al llit.

...

És diferent. Això ho trio jo.

Trobo que és una tria una mica estranya. Jo potser triaria no viatjar tant i tenir una vida més rica cada dia.

Jo no soc tu. Però el Miquelet deu pensar com tu perquè sempre em diu que no tinc ambició, que no pot entendre que em passi les tardes a les fosques, mirant sèries i amb els cascos posats.

Té tota la raó del món, el Miquelet, em cau bé, aquest noi. Si almenys no volguessis una vida mediocre perquè vols ser artista!

No tothom pot ser artista. Sé perfectament quines són les meves limitacions. Per cert, ¿tu ets artista, Ernestina? Perquè aquest vestit...

Actriu. Ho hauries d'haver endevinat. Noia, cada vegada vas perdent més punts.

No ho analitzes correctament. He endevinat que ets artista, això hauria de ser un punt a favor meu.

Fa anys que no pujo als escenaris.

¿Per què? Trobo que encara tens bona planta. Ho faries bé, n'estic segura.

Fer la pilota és fruit de la feblesa.

No et faig la pilota. Dic el que penso.

Deixa-ho estar, maca, que no et llogarem l'habitació només perquè m'afalaguis. No soc tan estúpida. I la Paula tampoc.

...

Fes el fotut favor de seure bé. Amb el cul a la punta de la cadira i les cames obertes fas una fila...

Estic còmoda així. ¿A tu què t'importa com segui? No he criticat pas el teu vestit.

Estàs a punt de traspassar una ratlla vermella. Els joves us penseu que perquè teniu tota la vida al davant podeu dir i fer el que vulgueu. Com si no hi haguessin normes de cortesia. De civilitat.

¿No trobes que exageres una mica? Tota aquesta retòrica perquè sec a la punta de la cadira. Hauries de valorar que puc estar còmoda en qualsevol posició. Que soc una dona polifacètica.

¿Polifacètica? ¿Per seure desguitarrada? L'exagerada ets tu.

Soc polifacètica perquè a més del grau universitari he fet cursets molt diversos. Mireu. En vaig fer un de teràpia assistida amb lleons marins, a Elx, va ser una experiència interessantíssima, a l'aigua, amb la Feina i l'Aragó, que eren els dos lleons marins, amb les pilotes i els exercicis de relaxació. Em va encantar l'experiència, de debò.

Ah. Això em recorda una vegada... Paula, para de donar-me cops per sota la taula. ¿Que tens enveja perquè no hi pots ficar cullerada?

¿Què va passar una vegada, doncs?

Ara no recordo què volia dir. Ah sí. Una vegada vam fer sortir un cavall a l'escenari. Va ser una experiència molt terapèutica, assajar amb el cavall. El conduïa un genet, no pas una de nosaltres, però es van integrar molt bé al grup, tots dos. Hi ha bèsties que semblen humanes.

Com els lleons marins. Et miren amb una tendresa que et desarma. És una teràpia que va molt bé a les criatures autistes o amb paràlisi cerebral. M'agrada ajudar la gent que ho necessita.

¿Això ho dius de debò o és retòrica? No sé si acabar-te de creure, Agnès. Hi ha alguna cosa que em grinyola. La teva actitud no s'adiu amb les teves paraules. I jo sé molt bé que el que compten són els gestos, no les paraules. Les paraules se les endú el vent, que deia la meva mare.

...

Me l'heu de llogar a mi, l'habitació. No sé quantes visites heu tingut fins ara ni si teniu una llista gaire llarga. Però jo la necessito, l'habitació. I la necessito aviat.

El verb NE-CES-SI-TAR està sobrevalorat. De fet, necessitar, el que se'n diu necessitar, necessitem ben poques coses, per viure. Respirar, menjar. Aigua.

Un sostre.

També. Si no aquest, un altre. Haver-te espavilat abans, noia.

Us decidireu abans de cinc dies, ¿oi?

Encara no hem acabat l'entrevista. Continuem. ¿Com és el pis on vius amb el Miquelet? Descriu-nos una mica com està distribuït, com són els espais, com teniu les coses.

És un pis molt petit, no podem pagar-ne un de més gran.

El pagueu a mitges, suposo.

I ara, no! El Miquelet paga més que jo perquè cobra més. És lògic.

Jo no l'hi trobo tant.

No us entenc. Ell també ho diu, això. Pensa que l'hauríem de pagar a mitges. Jo no ho trobo just, si ell guanya molt més que jo és natural que pagui més.

És molt pràctica, la teva filosofia. Sobretot per tu.

Jo no parlaria de filosofia, sinó de justícia. De justícia social. No hi ha dret, que al món hi hagi gent multimilionària i tants pobres.

No parlàvem d'això. Deixem-ho estar, noia. Ens costa entendre'ns. Cada vegada ho tens més complicat, això de l'habitació, ja t'ho dic jo.

...

Llavors valdrà més que me'n vagi.

Espera't! Encara no hem acabat. Les coses s'han de fer ben fetes. No has contestat l'última pregunta.

¿Ho tens tot apuntat a la llibreteta, el que m'has de preguntar?

¿Com teniu les coses, al pis, tu i el Miquelet? ¿Cadascú té el seu espai? ¿Com teniu l'espai comú?

Som una mica desendreçats, ho reconec. El Miquelet més que jo. Però sempre acaba trobant el que busca, encara que sigui a sota de piles i piles de roba o de papers.

Sou molt desordenats, ja ho entenc.

Jo no ho diria així. Tenim el nostre propi ordre. Però a veure, ¿quina importància té, això, si l'habitació dius que no me la llogareu? A més, suposo que cap de vosaltres no hi entraria, a la meva habitació.

Oi tant que no. La Marcel·la s'encarrega de la neteja del pis, però la de la teva habitació anirà a càrrec teu. Segur que la tindràs feta un desori. La Paula no ho suporta.

¿En futur i no en condicional, el verb? ¿Que potser encara me la llogareu?

Ho decidirem quan hàgim entrevistat totes les persones que tenim apuntades a la llibreta.

¿I quantes són?

No n'has de fer res.

...

Potser les altres persones tenen més defectes que jo. No ho tinc tot perdut, doncs.

Ja ho veurem.

Em poso una mica més de te. M'agrada perquè és insípid. I em menjaré una galeta, ara em ve de gust. Llogueu-me-la, l'habitació. No us en penedireu.

¿Què faràs, mentre ens decidim? ¿En buscaràs una altra per si de cas?

No. No m'agrada perdre energies en va. Sé que en el fons us he caigut bé. A la vida he après que hi ha persones que amaguen la seva debilitat sota una aparença de fermesa. Estic segura que les teves impertinències, Ernestina, són una manera de posar-me a prova. M'esperaré que em digueu alguna cosa.

Això. Tu no et belluguis, maca. No fos cas que et cansessis. Tens un bon os a l'esquena! Paula! No mengis cap més galeta, que ja has esmorzat prou. Després dius que no saps com és que t'engreixes.

...

No trigueu massa a dir-me que sí, ¿eh?

...

PAU-LA! PAU-LA! ¿Què tens? Ai, que em sembla que s'ennuega! Ai, senyor! Que s'ofega, quina DESGRÀ-CI-A! Mare meva! Ai, ai, ai!

...

Calma't, Ernestina. Li faré la maniobra de Heimlich en un moment.

...

...

...

Ja està. Hem tingut sort. Les compressions abdominals han anat bé. No sempre funciona, però aquesta vegada ens n'hem sortit bé. ¿T'has espantat, oi, Paula?

...

I jo també. Molt.

Respira profundament, Paula. Ja està. ¿Et trobes bé?

...

Ja ha passat tot. Ara sí que me'n vaig.

...

Moltes gràcies, Agnès. De debò. Si te n'estem, d'agraïdes.

...

Me'n deveu una. Recordeu-vos de mi quan decidiu a qui la llogueu, l'habitació.

I tant! Seràs la primera de la llista. T'avisarem, segur. Moltes gràcies, maca. De debò.

Adeu, doncs. Fins aviat.

...

Adeu.

...

¿Estàs bé, Paula?

Buf. Em pensava que m'hi quedava. Encara tinc palpitacions.

L'has clavat, el numeret.

Fa mitja hora que ens esperem. Aquest parell ja no vindran.

Julie Christie i Omar Sharif. Segur que són de la broma i ens han pres el pèl.

Has de reconèixer que han tingut gràcia.

Potser són de la nostra edat i en obrir la porta hauríem caigut d'esquena.

Així val més que no s'hagin presentat.

¿I què farem, doncs?

Em podries explicar com li van les coses a la veïna del davant, segur que has tornat a fer servir els prismàtics.

¿Què vols que faci, quan m'avorreixo? No facis aquesta cara. ¿Ho vols saber o no?

Si fos que no, ja no t'ho hauria preguntat.

Doncs la vaig encertar de ple! Viuen totes dues al pis, ella i la llogatera. I es passa el dia fent-li confidències. Sovint les veig assegudes en una butaca cada una, l'australiana parla, gesticula i plora, l'altra escolta, de tant en tant s'aixeca i l'abraça. Però segur que no troba consol, pobra. El desamor és destructiu. Autodestructiu.

Ho superarà, n'estic ben segura.

Però li quedarà una ferida al cor. Potser serà inguarible.

Això potser sí. ¿No reben visites?

No mentre jo les espio.

Vaja. Així no podem xafardejar gaire més.

¿I ara què fem? No voldràs tornar a treure la pols. No sé per què la traiem, si sempre se n'hi torna a posar.

La vida està feta de repeticions, Ernestina. Sembla mentida que encara no ho hagis après.

És feina de la Marcel·la.

¿Saps què et dic? Me'n vaig a plaça. Aniré a comprar una mica de verdura cuita i de menjar preparat, així no haurem de fer res per dinar.

Quina mania que tens amb anar a plaça. Si ja no hi va ningú. Tothom compra al súper.

M'agrada conservar els costums del nostre món, Ernestina.

El nostre món ja no existeix, Paula.

Vull preguntar per la Conxita. Fa dies que no l'he vista.

¿Qui és la Conxita?

Una velleta escarransida que em trobo sovint a la

parada del menjar preparat. L'ajudo a agafar la bossa perquè no pot estirar el braç. Va caure, ¿saps? Li vaig dir que agafés un carro, que així no hauria de portar pes. Però em va contestar que no, que vivia en un tercer pis sense ascensor i que ni ella ni el seu marit no tenen força per arrossegar el carro escales amunt.

Que ho demanin a algun veí. Segur que els ajudaria.

És el que li vaig dir. Va somriure en silenci. Em sembla que no el farà servir mai, el carro.

Les velles són tossudes.

Com una mula guita.

No hi vagis, a plaça. Fes-me una estona més de companyia, Paula.

I ara! ¿I per què?

No ho sé. No em vull quedar sola. ¿I si em moro mentre tu no hi ets?

Va, dona, no diguis bestieses.

La mort ens pot atrapar en qualsevol moment. De vegades no avisa.

De vegades tens cada sortida, tu.

Queda't, t'ho demano per favor.

Mira, ja torno a seure. No ploris, dona. Ui. ¿Fas servir un mocador de roba? ¿Dels d'abans? ¿O són llàgrimes de cocodril?

No tens pietat.

Ernestina, no siguis melodramàtica.

Aquestes puntes les va fer la meva mare, amb el ganxet. Ara ningú no sap fer anar el ganxet.

Ai déu meu senyor, ara te'm posaràs nostàlgica.

Estic nostàlgica perquè ja no puc sentir ni nostàlgia.

¿Vols dir que fingeixes? Ja m'ho semblava, que feies teatre.

De vegades no entens res, Paula. Mira que n'arribes a ser, de totxa. No comprens la profunditat dolorosa de l'ànima humana.

De debò que cada dia et tornes més estranya. Ja t'ho dic jo que no és bo, això de no sortir de casa. Se t'està entortolligant el cervell perquè no et toca l'aire.

Al meu cervell no li passa res. És el cor que pateix de viure en un món obscè.

¿Obscè? Quina paraula! ¿Per què és OBS-CÈ, el món? Digues.

Els humans el fem obscè amb el nostre comportament cruel, destructor, egoista.

De debò, Ernestina, estàs fatal. Has de sortir de casa. A veure, ¿quan va ser l'última vegada que vas agafar un tren?

Abans de la pandèmia. Vam anar al Masnou, ¿que no te'n recordes?

Ai sí. A dinar a casa del Manel i l'Andreu.

No hi havia platja. El mar havia devorat la sorra.

I aquest és un exemple de la crueltat del món.

Tu ho has dit. La crueltat té múltiples facetes. Tu en practiques una quan fas veure que no m'entens.

¿Jo? Encara tindré la culpa de les teves rareses estratosfèriques.

Es-tra-tos-fè-ri-ques, deixa de dir aquesta parauleta, ja saps que em fa posar nerviosa. Ho fas a posta.

¿Jo? De debò que no entenc què et passa, Ernestina. Mira que fer-te posar nerviosa un adjectiu.

Les paraules poden fer molt més mal que els actes, la llengua no té ossos però en trenca de molt grossos. Ja ho deia la meva mare.

Cada vegada que em miro al mirall trobo que m'assemblo més a la meva. És horrorós.

Ens hauríem hagut de quedar a Finlàndia una temporada llarga.

¿Amb què em surts, ara?

Quan ens van convidar la Sirkka i l'Ulla a Tampere, ens hi hauríem d'haver quedat. No vam ser prou valentes.

Ernestina, ¿quant temps fa, d'això? ¿Tres dècades? ¿Quatre?

Ens hi hauríem pogut quedar uns mesos. Jo havia acabat les representacions de ja no recordo què, tenia calerons. Tu hauries pogut demanar una excedència.

Sí. Per contemplar com tu i l'Ulla us picàveu l'ullet. ¿Et penses que no me'n vaig adonar, del vostre coqueteig?

En vas fer una muntanya. Hi devien haver algunes mirades de complicitat, això t'ho accepto, però res més.

Ni muntanya ni hòsties. ¿A tu et sembla que em venia de gust passar-hi una temporada llarga, amb aquelles dues? Amb quinze dies en vaig tenir ben bé prou. Bevien massa. I l'Ulla es passejava despullada sempre que podia. Era una provocadora.

¿Però què dius, ara? Era a casa seva i actuava amb naturalitat. Aviam si ara resultarà que de jove eres una carca.

¿A què treu cap parlar d'això? Ernestina, que t'estàs trastocant. Si no surts al carrer acabaràs fatal.

Quina mania que tens amb sortir al carrer!Veshi tu! A mi no hi ha res que m'hi interessi.

Ara has tocat os! És per això que no vols sortir. No pas perquè la pandèmia t'hagi esporuguit.

¿Què fas? Espera't, no marxis! No vagis a plaça encara. Per favor.

Ai mare. Si m'acabes de dir que hi vagi jo, al carrer.

Tu sempre tan literal. Tan pràctica. No sé com t'aguanto.

Va, no t'enfadis. Ja torno a seure, ¿ho veus?

Gràcies. És que estic desconcertada.

Explica'm què et passa, va.

És que no em passa res.

Aquest és el problema, vet aquí!

Para, sisplau. Ara no em tornis a sortir amb allò que no vull anar al carrer.

No he dit res.

No sé ni si et podré explicar com em sento.

Prova-ho, va.

Imagina't que ets un pop.

Quina imatge més rara!

Deixa'm explicar-me. Imagina't que ets un pop. Amb tots els tentacles que tinguin. Has viscut tota la vida arrelat al fons del mar, amb les ventoses dels tentacles ben subjectades a les roques, a les algues, a la quilla d'un vaixell abandonat. Te'n desenganxaves quan volies explorar l'entorn o quan tenies gana, però quan necessitaves protecció, t'arrapaves amb les ventoses dels tentacles on fos. ¿Entens el que vull dir?

Si m'imagino que soc aquest pop, sí.

Doncs ara les ventoses no tenen força per enganxar-se enlloc. T'acostes a les roques, t'acostes a les algues, t'acostes a la quilla d'un vaixell abandonat, però no et pots arrapar enlloc. I no saps com adaptar-te a la nova situació.

Soc un pop esporuguit. Ja ho entenc.

Doncs així és com em sento, Paula. Sense punts de salvació.

Caram. ¿Vols que vagi a preparar un te?

Potser millor que fem un vermut, ¿no? Mira quina hora és.

D'acord. No et moguis. Ja el porto jo. ¿Unes olivetes, també?

Sí. Gràcies.

Ja hi aniré demà, a plaça. Després ja ens inventarem alguna cosa per dinar. El farem totes dues, ¿d'acord?

D'acord.

*

Ja soc aquí amb el vermutet.

Ahir vaig parlar una estona llarga amb la Lluïsa. El seu cosí està fatal. No millora gens. Em fa l'efecte que fa massa dies que està intubat i sedat. No se'n sortirà, n'estic convençuda.

Has de tenir fe en la medicina, Ernestina. En la

ciència. Potser farà un tomb cap a bé un dia d'aquests, per sorpresa.

Potser s'ha cansat de viure i és per això que no vol respirar. Potser tot és tan simple com això.

Però Ernestina, ¿tu creus que és tan fàcil? ¿Que algú decideix deixar de respirar i ho fa?

Passen coses estranyes, incomprensibles per una ment massa racional.

¿Com ara què?

La Lluïsa em va explicar el cas d'una amiga seva. Una dona elegant, presumida, rica. Li agradava viure bé, vaja. Viuda amb tres fills. Un dia li va confessar que si volia portar el tren de vida que duia, roba cara, xampany, bons restaurants, viatges de tant en tant, bons regals als fills i als nets, només li quedaven diners per un parell d'anys més. Havia fet els càlculs, passats dos anys s'hauria d'estrènyer massa el cinturó. I es va morir abans del termini.

Ospa!

¿A tu no et sembla que el seu cos i la seva ment ho havien previst? Va poder viure com volia fins a l'últim dia.

¿De què va morir?

D'un atac de cor.

Ernestina, no em diguis que et creus que se'l va provocar ella, l'atac de cor.

Jo no em crec res. Només constato uns fets. La ment és molt poderosa.

Segur que patia del cor.

La Lluïsa em va dir que sí, que hi duia no sé quantes vàlvules postisses.

¿Ho veus, dona? Tot té una explicació científica. ¿Què tens, Ernestina? ¿Per què somrius d'aquesta manera tan estratosfèrica, ara?

¿No em veus res d'estrany? Aquesta nit se m'han bellugat dues dents. Mira!

Ens hem equivocat de planta. Anem, Lluïsa.

Tu ets la Lluïsa i tu el David, no falla.

¿No ens hem equivocat?

Heu trucat a la porta correcta. Soc la bella Helena. Endavant.

Gràcies.

Hola, parella. Soc la Paula. Seieu. A l'Ernestina li agrada disfressar-se.

¿Disfressar-me? Vestir-me, voldràs dir.

Avui porta lluentons i tot! ¿No et fa vergonya, posar-te aquest vestit cenyit de sirena i escotat fins a la regatera? I sense mànigues! Se't veuen totes les pelleringues!

Ets molt exagerada. Encara em falta el complement. Mira!

L'ombrel·la de lluentons a joc! ¿Que ens cantaràs i tot?

A tant no hi arribaré. Dona'm la mà i fes-me giravoltar. ¿Ho veus, com encara faig goig?

Mooolt. Sort d'aquests passos de ball, que si no no me n'hauria adonat.

Soc actriu, ¿sabeu? En el fons, la Paula em té enveja.

Actriu! Que bé! No havia conegut mai cap actriu.

Gràcies, maca. Tens un nom molt bonic.

¿Sabeu d'on l'ha tret, aquest vestit, l'Ernestina? L'ha robat!

¿Què dius, tu, ara?

Que sí. Quan s'acabaven les representacions d'una obra, sempre demanava a la figurinista que li deixés quedar-se un vestit. El més majestuós o el més senzill, això depenia de l'ànima de cada personatge, deia ella. Però a mi sempre em va semblar que els triava segons l'humor que tingués aquell dia.

Paula!

Si la figurinista li deia que no, l'Ernestina en robava un després de l'última funció, al capdavall l'havien dissenyat per ella, pensant només en ella, en el seu cos, en els seus moviments, se li adaptava tan bé que li pertanyia de manera lògica. ¿Oi, Ernestina?

PAU-LA! Això que expliques no els interessa gens. ¿Que no ho veus, la cara que fan?

D'estupefacció. No es poden creure que hagis fet coses així. Aquest que t'has posat avui, ¿és dels regalats o dels robats? Encara recordo aquella matinada que vas arribar a casa contenta perquè havies imposat el teu criteri sobre com havia de ser el vestit de la reina de Dinamarca, passant per sobre de l'opinió de la figurinista i de la directora. Tu sabies perfectament el que t'esqueia i el que no i tenies dret a triar el tall i la roba, els vas dir. Si no em feu el vestit que vull, aquí us quedeu, me'n vaig a casa, les vas amenaçar.

Recoi. Si que te'n recordes bé.

Perquè després diguis que no t'escolto. Vas actuar amb prepotència, Ernestina. No hauries hagut d'escudar-te en l'arrogància de la diva, te'n vas sortir perquè les altres dues eren dones.

Això no m'ho vas dir, aquell dia.

Se m'acaba d'acudir.

¿Passem a la terrassa?

Seieu, parella.

¿Voleu prendre alguna cosa?

Dues coca-coles. Vols coca-cola, ¿oi, Lluïsa?

Sí. Gràcies.

¿Hi voldreu gel, al got, amb la llimona?

No, no cal. La Lluïsa tampoc no en vol.

No. Gràcies.

Aquí teniu les coca-coles. I un vermutet per nosaltres, ¿et va bé, oi, Ernestina?

Sí. Gràcies.

La terrassa és maca. I el pis sembla gran. Hi estaràs bé, Lluïsa.

¿Així l'habitació la vol llogar ella?

Sí. Però he preferit acompanyar-la. Quatre ulls hi veuen més que dos i la Lluïsa sempre em necessita. Per cert, que passant he vist uns prismàtics.

Són meus. Els faig servir per espiar els veïns.

Ja se sap que les actrius sempre són hiperbòliques. No li feu gaire cas, a l'Ernestina.

Trobo que aquests aparells són una extensió dels ulls. No hi ha cap mal a mirar els veïns amb més precisió que a ull nu.

¿Oi que no, David? Mirar-los a pèl no està pas prohibit. I els prismàtics l'únic que fan és proporcionar-te més informació.

Estic convençut que la manera de mirar explica la manera de viure. Hi ha ulls que ensenyen entusiasme, d'altres sorpresa, d'altres por. Incredulitat. Esverament. Pànic. Horror. Em fascina mirar els ulls. S'hi detecten tantes coses, al fons d'unes pupil·les!

És ben cert.

Els ulls són la vida d'una persona. Però també m'agraden els ulls que no són vius.

¿Manipules els ulls dels morts? ¿Que ets taxidermista?

Ernestina, ¿què dius ara?

¿Què passa? Hi ha oficis i aficions ben estranyes.

No. No soc taxidermista ni necròfil. Però m'agraden els ulls sense vida.

És que el David fa col·lecció de nines de porcellana. Es passa hores mirant-los els ulls.

Sí, m'agraden les nines, en tinc una habitació plena. I a la Lluïsa també li agraden. Molt, ¿oi, Lluïsa?

Sí.

No és un hàbit gaire masculí, però l'entenc. Tenen una màgia especial, les nines de porcellana.

Ara resultarà que a tu també t'agraden, Ernestina!

Que no en tinguem cap a casa no vol dir que no m'agradin. Es poden vestir i desvestir.

Ja ho entenc. És com al teatre. Però ens estem desviant del tema. ¿Vosaltres dos, com us vau conèixer? Estic encuriosida.

En una festa d'aniversari.

És l'escenari perfecte!

Un amic va celebrar una festa en una casa rural, hi vam anar tota una colla.

¿I on era, la casa rural?

Al Priorat, a prop d'Escaladei. Un indret preciós. M'encanten les ruïnes.

Nosaltres dues hi vam anar fa mil anys, quan l'Ernestina encara volia sortir. Recordo que era un lloc salvatge, molt romàntic, amb heures que penjaven de les parets mig derruïdes. Ara tinc entès que l'han restaurat i que ha perdut gran part de l'encant que tenia. Ens ho va explicar no fa gaire la veïna. També es diu Lluïsa.

Amb la restauració trobo que ha quedat molt bé. A nosaltres ens agrada, ¿oi, Lluïsa?

Sí.

Tenien un llibre de Plató en una cel·la per fer-ho més versemblant. A la cel·la hi entrava l'aire, a les finestres no hi havia vidres ni porticons. Em vaig queixar que hi tinguessin un llibre com aquell en aquelles condicions. Era del segle XVII.

Salta a la vista que ets molt sensible amb les coses inanimades, David.

I amb les persones també ho soc.

¿Els teus amics anaven vestits com tu, a la festa aquesta?

Correcte. Tenim una estètica similar. Però tothom té dret a vestir-se com vol, tu ho hauries de defensar més que ningú. Ni la Lluïsa ni jo no t'hem criticat el vestit de lluentons.

Només hauria faltat aquesta!

¿I com va anar, la festa? ¿Què vau fer?

Xerrar, menjar, ballar... Ens ho vam passar molt bé. ¿Oi que sí, Lluïsa?

Sí.

Vam cantar himnes patriòtics.

¿*Els segadors* també?

Aquest no.

Ja m'ho pensava.

I us vau conèixer amb la Lluïsa.

La Lluïsa hi havia anat amb una amiga. Quan la vaig veure, va ser amor a primera vista.

Sí.

La fletxa de Cupido us va encertar el cor a tots dos. Quan passa una cosa així és indefugible.

¿Què et va agradar del David, Lluïsa? ¿Què va fer que te n'enamoressis a primera vista?

Doncs no ho sé. La manera de mirar-me, potser.

¿No em vas trobar guapo?

Sí. Guapo i fort.

No m'estranya. Se't nota que vas al gimnàs.

Tres cops per setmana. Jo de seguida vaig saber que la Lluïsa és la mena de dona feta per mi.

Vas ser tu qui va reconèixer primer la clavada de la fletxa, doncs.

Esclar. ¿Oi, Lluïsa?

Sí.

Vaig a buscar alguna cosa per picar. ¿Voleu unes olives? ¿Una altra coca-cola? Nosaltres farem un altre vermutet.

Una altra coca-cola no cal, però les olives ens aniran la mar de bé. ¿Oi, Lluïsa?

Paula, acompanya'm a la cuina, no podré tota sola, amb tantes coses.

¿Ens disculpeu un momentet? Deixa l'ombrel·la aquí, dona.

Tornem de seguida.

Ja venim!

(Ui. La polsereta que porta no m'agrada gens.)

(Xxxt. Parla més baixet, que et sentiran.)

(Sembla amable, però potser aquest paio és un llop amb pell de xai.)

(M'hi jugaria un dit que vota Vox.)

(¿I si li fotem alguna cosa a la coca-cola? ¿Un laxant?)

(Ernestina, no diguis disbarats.)

(¿Una mica de verí? Així hi hauria un intransigent menys.)

(No siguis animal, Ernestina. No en seríem capaces.)

(No se sap mai, de què pot ser capaç una persona. Però no en tenim, de verí, ¿oi que no?)

(No.)

(En puc demanar a la Lluïsa pel celobert. És més jove que nosaltres. Té de tot.)

(Au va, no diguis més bestieses. Anem a la terrassa.)

(¿I si ens agredeix?)

(Ernestina, ¿vols fer el favor de comportar-te? ¿Com vols que ens agredeixi, si ha vingut a llogar una habitació? Jo no el veig tan perillós. Va, passa.

(D'acord. Xxxt.)

Una mica de vermut per nosaltres i unes olives per tots quatre. Sense pinyol. Són les que a la Paula i a mi ens agraden, de les altres no en tenim.

Van bé aquestes, moltes gràcies. Digues gràcies, Lluïsa.

Gràcies.

Lloguem l'habitació per una sola persona, no s'hi poden portar visites.

Ho sabem. Hi estem d'acord.

¿Com és que no viviu junts?

Perquè només fa cinc mesos que sortim i no ens volem precipitar. Jo visc a casa els pares, encara. Estic estudiant. Quan treballi, m'independitzaré i llavors ja decidiré quan ens en anem a viure junts.

I tu, Lluïsa, ¿vius a casa els pares?

Els seus pares viuen a Hamburg. Viu amb la seva

germana, que resulta que ara necessita el pis perquè s'hi ha d'instal·lar la seva parella. És un pis petit i tots tres es farien nosa.

Les parelles necessiten intimitat, és cert.

¿Com és que viuen a Hamburg, els teus pares, maca?

Són enginyers. El seu pare treballa per una multinacional, li van oferir una feina magnífica a Hamburg fa quatre anys i se n'hi van anar. La seva mare va aconseguir un lloc a la mateixa empresa. I com que la seva germana i ella ja eren grans, van decidir no acompanyar-los.

¿És més gran que tu, la teva germana?

Té trenta-dos anys.

I tu, ¿quants anys tens?

Vint-i-vuit.

Té lògica. Jo potser hauria fet el mateix, en el teu cas, maca. Vosaltres dues ja teníeu una vida feta aquí i començar-ne una de nova en un altre país pot arribar a fer molta mandra.

Al jovent no li fa mandra res, Paula. És a tu que no t'agrada l'aventura.

A la Lluïsa tampoc, encara que sigui jove. Va fer una prova per entrar a una escola de ballet molt important d'Hamburg i com que no la van acceptar, va decidir no anar-hi a viure.

Ets ballarina! Ets una artista!

Ballarina frustrada. No té cap talent i al final ho ha hagut de reconèixer.

No tens pèls a la llengua.

Dic la veritat. Es pensava que seria la primera ballarina d'alguna gran companyia internacional i ja veieu com ha acabat. Fent classes de ball en una acadèmia de barriada.

Lluïsa, fas cara de ser una noia molt, molt tímida. Sembles molt més joveneta del que ets. Tens l'aspecte d'una adolescent.

Tens raó, la Lluïsa no aparenta l'edat que té. De mentalitat també és una mica infantil. Ja l'anireu coneixent.

¿Vols dir que no ets massa sever, noi?

Sempre dic la veritat. I la Lluïsa necessita sentirla, la veritat. Si es digués més la veritat, el món no aniria tan malament com va.

¿Per exemple?

Vosaltres dues. ¿Per què voleu llogar l'habitació? Jo diria que els diners no us fan cap falta. ¿Per què no dieu d'entrada què us empeny a llogar-la? Sense pensar-hi gaire, se m'acudeixen dues raons.

No és mala persona, el David. Quan el conegueu bé ja veureu que no ho és. El que passa és que es preocupa molt pels altres.

La sinceritat està sobrevalorada. No veig per què t'hem d'explicar les nostres raons. El que compta són els fets. I el cas és que lloguem una habitació. Però m'has encuriosit. Digues, ¿quines són les teves dues raons?

Voleu gent jove al voltant. Saba nova. Ho entenc perfectament, a una determinada edat la vida s'ha de viure amb les experiències dels altres.

Escolta noi, que no som pas tan grans, nosaltres. Encara em faràs emprenyar.

Tens raó, Ernestina. Però no cal que et sulfuris. Que et petarà la veneta de la cella. Mira com se t'infla.

¿I la segona raó?

Necessiteu públic pel vostre espectacle. Sobretot tu. ¿Quin sentit tindria aquest vestuari estrafolari, si no?

Estrafolari! ¿I què me'n dius dels teus pantalons de camuflatge i de la bandera espanyola que portes al canell? Jo soc actriu, maco. He representat molts papers al llarg de la vida. Tu en representes un de sol que explica molt bé com ets.

ER-NES-TI-NA, ¿vols fer el favor? Quan et dispares fas una mica de por.

¿Por, jo? No faig més por que una nina de porcellana.

Mira, et torno a donar la raó. A mi me'n fan una mica. Em fan angúnia, per ser més precisa.

Les nines del David no en fan gens, d'angúnia. Van sempre tan ben arreglades! Té una màquina de cosir i els fa vestits nous molt sovint. Jo l'ajudo, m'agrada tallar la roba i cosir-la i m'agrada despullar-les i tornar-les a vestir.

Oh!

Hauríeu de venir un dia a veure l'habitació de les nines. N'hi ha tantes que sembla un museu!

Sisplau, Lluïsa. Les nines són una cosa NOS-TRA i ben PRI-VA-DA. No cal que en parlem més. ¿Tornem a l'habitació? És per això que hem vingut.

¿A quin aspecte de l'habitació? ¿A les nostres motivacions o a les condicions que demanem que es compleixin?

A l'aspecte que estigueu preparades per afrontar.

Nosaltres, com a propietàries, tenim dret a saber com és la llogatera, quina vida fa, quins són els seus hàbits. ¿No us sembla?

Teniu raó.

A l'acadèmia on treballes, Lluïsa, ¿hi ha moltes més professores?

Són quatre. La Lluïsa fa classe als grups de les més petites. La directora intenta ensenyar alguna cosa a les més grans.

¿Quina mena de dansa feu? ¿Contemporània, clàssica?

Fan una mica de tot. Es dediquen bàsicament a activitats extraescolars i a preparar festivals de final de curs.

¿T'agrada la feina, Lluïsa? ¿Pots respondre tu ara, per favor, noia?

Sí, força.

Doncs ja no ens cal saber res més. Totes les feines són dignes mentre no siguin èticament reprovables. Només rebutgem els especuladors i els delinqüents. I de delinqüents n'hi ha de moltes menes. N'hi ha molts que no ho semblen.

¿Què estudies, David? Ja sabem que l'habitació no és per tu, però ens agradarà que ens ho diguis.

Dret. Aviat seré advocat. Estic a punt d'acabar el màster de l'advocacia. Quan l'aprovi, ja podré exercir la professió.

Seràs un triomfador. Se't veu a la cara.

Sí. Em vull guanyar bé la vida. Vull viure bé i que les persones que m'estimo també hi visquin. La dona i els fills, vull dir.

¿Quina branca del dret has escollit?

Dret penal. Sempre tindré feina. I si ets bo, i jo ho seré, pots fer-hi diners. Fins i tot molts diners.

Hauràs de defensar delinqüents, criminals.

Defensaré la societat, que som tots nosaltres. La missió del dret penal és protegir la societat de les conductes delictives.

Però hauràs de relacionar-te amb gent poc recomanable. I faig servir un eufemisme.

Algú els ha de defensar. I hi ha casos en què una disminució de la pena ja és un triomf. Tindré contactes, el meu pare és advocat penalista.

No seràs un advocat d'ofici d'aquells que defensen quatre pelacanyes, prou que ho veig.

No. Els meus clients em pagaran bé perquè jo els defensaré bé.

David, tens les idees molt clares. I això és admirable.

La Paula vol dir que és admirable la teva seguretat, no les teves idees.

Cadascú és lliure de pensar com vulgui, ¿no us sembla?

Per descomptat. ¿Quants anys tens?

Vint-i-quatre. El natural és que en una parella el noi sigui més gran que la noia, però a mi no em fa res que sigui al revés.

L'amor no reconeix l'edat.

¿Has rebut tres whatsapps seguits, Lluïsa? ¿Qui és amb aquesta insistència? Passa'm el mòbil.

Lluïsa, no ho facis. Això és intromissió en la intimitat.

Ho fa per ajudar-me. És que hi ha un exnòvio que de vegades es posa una mica pesat. Té.

És ell. Li bloquejo el número. Fa temps que ho hauries hagut de fer. No entenc per què no el vas bloquejar l'altra vegada que t'ho vaig dir. M'hauries de FER CAS, ja ho SAPS.

¿Que teniu animals de companyia? ¿Un gos? ¿Un gat?

¿Un lloro? ¿Un periquito?

No. ¿Per què?

Al pis no en volem.

No heu de patir. No ens agraden. Odiem especialment aquells gossos tan petits, sobretot quan els posen un llacet ridícul al cap. Quan en veig un pel carrer se'm desperten els instints més primaris. Li fotria una coça que l'engegaria a la lluna.

Pobra bèstia. ¿Encara que no t'hagués fet res?

És una manera de dir.

¿No ho faries de debò?

Només soc partidari de la violència en situacions extremes.

¿Per exemple?

Doncs la faria servir per defensar-me d'un atac contra la propietat privada, sigui un rellotge de deu mil euros o un mòbil vell. També em defensaria d'un okupa que se'm fiqués a casa. Vivim en una societat cada dia més insegura. Hem de defensar els nostres béns amb tots els mitjans al nostre abast. Hi tenim dret.

Potser hi estic d'acord i tot. Jo també ho faria. La defensa, amb violència o sense, és una actitud instintiva.

¿Brandant l'ombrel·la? Ernestina, que nosaltres dues no fem por a ningú.

El món ja no ens pertany.

El nostre sí, Ernestina. No ens fallarà mai. Tenim casa nostra, la nostra vida, els nostres records.

Però no tenim futur. El futur és de la joventut.

Exacte. El futur és de la Lluïsa i del David, que per això ens volen llogar l'habitació. ¿Us casareu, vosaltres dos? Vull dir que no només anireu a viure junts, sinó que formalitzareu la vostra relació.

Que l'empaperareu, vaja.

I tant que ens casarem! Els meus pares no ho voldrien d'una altra manera. I espero que ho puguem fer aviat. L'habitació que ens llogareu és només una primera etapa, durarà poc, ja ho veureu. Potser us podríeu saltar una miqueta les normes que us heu imposat i deixar-me venir a veure-la de tant en tant. No dic que vingui cada dia ni que em quedi a dormir, però us ho podríeu repensar i permetre només la meva visita. Ara ja ens coneixem.

Ho estudiarem, David. ¿Oi que sí, Ernestina?

Gràcies. ¿Quan ens donareu la conformitat?

Trigarem tres o quatre dies. Ho hem d'acabar de rumiar i de pair. Aviat us direm alguna cosa.

¿Pair? ¿Què heu de pair?

Oh. Això de permetre les visites, ¿oi Ernestina?

Sí. ¿Què hauria de ser, si no?

Tindrem quatre dies de paciència, doncs. Els podrem aguantar.

Ara us ensenyarem el pis. Lluïsa, maca, ¿m'ajudes a portar tot això a la cuina mentre l'Ernestina fa la visita al David? Preferim fer-ho per separat, ens és més còmode.

D'acord.

Sé que em poso on no em demanen, però aquest noi no et convé. Us coneixem des de fa ben poca estona, i tant l'Ernestina com jo hem vist senyals clars de menyspreu. No et té en compte per res, ¿que no ho veus? El seu comportament només fa que mostrar red flags, ho vaig llegir en una pàgina d'internet l'altre dia, explicava que cal estar alerta amb els senyals negatius que es desprenen de l'actitud típica d'un maltractador. Si no hi pares atenció, aquestes evidències que en principi poden semblar inofensives acaben per ofegar del tot les dones bones i confiades. ¿Entens el que vull dir-te, maca?

És en la intimitat que es coneixen les persones. Si el veiessis quan estem sols amb les nines, no ho diries, això. Els cus els vestidets amb tanta tendresa que desarmaria a qualsevol. Es transforma. Es relaxa. Se li suavitzen les faccions. Somriu sense adonar-se'n. I li brillen aquests ulls tan verds que té. Sembla una nina.

Arriba un dia que et mires al mirall i ja no et reconeixes. T'hi has emmirallat durant deu, vint, trenta, quaranta anys, i no t'hi reconeixes perquè allò que veus no és qui ets ni tan sols qui eres, sinó que s'acosta prou a allò que aviat ja no seràs.

¿De quina obra surt, això?

Ja veig que avui no estàs per brocs. I jo que m'he llevat creativa.

¿Quin vestit et posaràs? ¿T'ajudo a triar-lo?

La visita no arriba fins a la tarda, ja m'ho rumiaré.

No m'ho crec. Segur que ja el tens pensat.

Em posaré el de la Mag Folan.

¿La mare insuportable de *La reina de la bellesa de Leenane*? Una dona tan odiosa que a la tercera rèplica ja l'hauria mort.

Jo també! Em recordava massa ma mare.

Deixa ta mare en pau, Ernestina, que si et sent es remourà a la tomba.

Truquen.

¿Qui deu ser, tan d'hora? ¿Que esperem algú?

T'he de confessar una cosa, Paula.

Ai mare! ¿Quina una n'has feta, ara?

La Lluïsa està molt amoïnada pel seu cosí. Es veu que cada dia està pitjor, pobre. Es feien molt, ¿saps? Com que són fills únics tots dos. No és com tu, que no tens cap relació amb els teus cosins.

Però si són tots morts.

Quan eren vius tampoc no us vèieu.

Tornen a trucar.

He convidat la Lluïsa. Li explicarem això de l'habitació i li direm que vingui aquesta tarda. Així es distraurà, pobra.

M'ho podies haver consultat.

Ja no hi som a temps. No interferirà en les converses, ja saps que és reservada. Ves a obrir, va, que encara es pensarà que ens hem tornat sordes del tot.

*

Ernestina, aquesta noia pregunta per tu.

¿Per mi? ¿Qui és?

¿No la reconeixes?

Ai. Sembles la veïna del davant.

Soc la veïna del davant. ¿Així que ets tu, la que ens espies amb els prismàtics?

¿Que m'has vist? Si sempre he sigut molt discreta, amagada darrere la cortina.

Un raig de sol va espetegar a la ullera, m'hi vaig fixar i et vaig descobrir.

Ai, caram. ¿I quant temps fa, d'això?

Un parell de mesos ben bons.

Ospa!

Si vols denunciar l'Ernestina per violació de la intimitat ho entendré perfectament.

¿Què dius, tu? M'has de defensar, que per alguna cosa vivim juntes.

Ernestina, saps prou bé que he criticat sempre aquesta activitat subversiva teva.

Però prou que t'agrada, quan t'explico les meves descobertes. Et recordo que alguna vegada has sigut tu qui m'ha incitat a explicar-te-les.

No és ben bé el mateix.

Escolteu. No heu de patir. No he vingut per denunciar ningú.

¿Ah no? ¿I què vols, doncs?

Buf. Quin pes que em treus de sobre. Ja em veia dreta davant d'un tribunal, declarant que la meva activitat no havia comportat cap delicte ni cap assassinat. Aniria vestida amb discreció, parlaria a poc a poc, amb innocència, mirant als ulls els dotze components del jurat, el jutge, la fiscal, d'un en un, que tinguessin fe en la meva persona. Seguiria al peu de la lletra les instruccions de la meva advocada, una dona guapíssima que defensa les dones que han patit violència sexista. Alta, morena, ungles vermelles.

Ernestina! És que no tens remei. T'hauries estimat més que la Cristina et denunciés per poder representar aquest paper d'acusada.

Ets massa literal, Paula. Sempre t'ho dic.

Deixem-ho córrer. Cristina, si no la vols denunciar, ¿per què has vingut?

Per coneixe'm. Per saber com és la persona que les espia.

Ernestina, potser que la deixis parlar.

Com sabeu, fa quinze dies que amb mi hi viu una altra noia.

L'australiana. Tenim la intuïció que se li ha acabat la història d'amor.

Sí. Ha tornat destrossada. M'ha explicat el trasbals, el desengany, m'ha descrit la pena del cor. L'he escoltat en silenci. He respectat el seu patiment, és l'única cosa que podia fer.

El desamor és reiteratiu i tèrbol. Quan l'absència d'abraçades fa mal, la ment es converteix en el corredor de la mort. Però et calma que algú t'escolti explicar la mateixa història una vegada i una altra.

Ja començo a no saber si som al teatre o a casa.

Viu amb mi de manera temporal. Som amigues de la infantesa, em conec tota la seva història. Li vaig donar suport quan va decidir anar-se'n a Austràlia.

Vas fer molt bé.

S'estarà a casa fins que es vegi amb cor de viure sola. Està pendent de recuperar la feina que tenia quan va marxar.

Segur que no tothom hi va estar d'acord, amb la decisió dràstica d'abandonar-ho tot per amor.

Els seus pares van ser els que més s'hi van oposar. Sobretot la seva mare. Ho va viure com un abandonament filial, com si hagués decidit tallar els llaços amb una destral.

¿S'hi relaciona, amb els pares?

Sí, esclar que sí. Des d'Austràlia també ho feia, no han perdut mai el contacte.

Com la Lluïsa i el seu cosí.

¿Qui és la Lluïsa?

La veïna. Ella i l'Ernestina parlen tot el dia pel celobert.

¿I la Lluïsa també ens espia?

No, no. Aquesta distracció obsessiva és propietat exclusiva de l'Ernestina.

Aquest és el primer cop que l'australiana ha vingut sola. Va ser un indici que em va fer endevinar que alguna cosa no anava a l'hora. T'ho vaig dir de seguida, ¿oi, Paula?

Sí senyora.

En vaig tenir la certesa quan vaig veure la mala cara que feia. Hi vaig descobrir les empremtes del desamor. Si hi tens l'ànima entrenada, són inconfusibles.

No ens desviïs del tema, Ernestina. La Cristina segur que vol dir-nos alguna cosa.

O potser ens vol fer alguna pregunta indiscreta. Recorda que nosaltres hem acumulat molta informació des de la finestra.

Tu, l'has acumulada!

Tant se val, ara és de totes dues. Digues, Cristina, ¿en què et podem ajudar? Perquè si no ens vols denunciar per haver-te espiat...

M'ha desaparegut el collaret de perles.

¿Eren bones?

Sí. Era el collaret de la meva besàvia, que va heretar la meva àvia, després la meva mare i després jo.

Una joia amb història i emocions.

Era rica, la meva besàvia. S'havia casat amb un home que va inventar el betum de netejar sabates i es va fer milionari. Però no és pel valor del collaret, que em sap greu que m'hagi desaparegut.

El raonament té lògica.

¿I tu sospites que te l'ha robat l'australiana i et penses que l'Ernestina ho ha pogut veure amb els seus prismàtics?

T'ha costat prou, Paula. Jo ja ho he entès quan ha pronunciat la paraula PER-LES.

¿Però com vols que l'Ernestina hagi sigut testimoni del robatori? Només es veu el menjador de casa teva, des d'aquí.

¿I tu com ho saps? No em diguis que també els has fet servir, els prismàtics...

Només una vegada...

Ara sí que m'agrades, Paula! Una confessió en tota regla que et desposseeix de l'avantatge moral que t'havies atorgat. Ja ho sabia, jo, que n'érem responsables totes dues, de l'acció que tu consideraves tan reprovable. Ha ha ha ha.

El collaret, senyores. He vingut aquí pel collaret.

Doncs jo no he vist que l'australiana el robés. Ho prometo.

Potser quan el robava no, Ernestina. Però podria ser que des de casa vostra haguéssiu vist alguna cosa, algun gest, alguna pista, per petita que sigui. Potser l'heu vista a ella portant el collaret un dia que estava sola. No ho sé. Rumieu-hi.

¿I per què no l'hi preguntes? Seria molt més fàcil.

És que em sap greu.

¿Per què? El collaret és teu.

És que és cleptòmana.

Oh! Com la Tippy Hedren a *Marnie*!

És cleptòmana des de l'adolescència. La seva mare es va adonar que li faltaven petites coses. Un fulard. Un drap de cuina.

La cleptomania està diagnosticada. ¿No la van portar al psiquiatre?

És clar que sí. Però ella no era gens receptiva a la teràpia. I com que només robava coses sense importància, ho van deixar córrer.

Potser s'ha pensat que el collaret és fals.

Sempre acaba tornant-les, les coses que roba.

I el collaret encara no te l'ha tornat.

No.

¿Quants dies fa que te'l va prendre?

Quatre.

Dona, encara hi és a temps.

Escolta, Cristina. Se m'acaba d'acudir. ¿La cleptomania no tindrà alguna cosa a veure amb el retorn sobtat d'Austràlia?

Sí.

¿Què va passar?

No us ho puc explicar.

¿No satisfaràs la nostra curiositat?

Ho sento. No.

La curiositat va matar el gat, Ernestina. Fa bé de no explicar-ho si no pot.

Tornem al collaret, Cristina, va.

¿Heu vist alguna cosa sospitosa?

Deixa'm rumiar.

Jo també rumio.

Ahir al matí, ara que hi penso, l'australiana duia alguna cosa embolicada a la mà. M'hi vaig fixar perquè caminava amunt i avall, pensativa, i anava canviant el paquetet de mà.

¿I què més? Ernestina, ves al gra!

Tu em vas cridar perquè t'havia caigut un pot de cigrons.

Ai sí. Quin desastre!

Ho vam recollir. Vam trigar una bona estona.

Vam haver de separar els cigrons dels vidres per llençar-ho tot al contenidor corresponent.

Vaig tornar al meu observatori intrigada, pensant què n'hauria fet del seu tresor, l'australiana.

¿I què vas veure?

Estava asseguda al sofà, sense res a les mans.

Ha amagat el collaret en algun indret del menjador!

Me'n vaig a casa, doncs, a veure si el trobo.

Espera't un moment, Cristina! Deixa'm acabar de visualitzar l'escena. Potser veig alguna pista.

Tanca els ulls, concentra't bé.

L'australiana està asseguda al sofà, sense res a les mans, sense bellugar-se. Somriu. Té un somriure molt enigmàtic, com el de la Mona Lisa.

ER-NES-TI-NA!

La mirada fixa en línia recta, cap avall. No aparta els ulls del que sigui que mira, jo no ho veig, per més que m'hi esforço. Canvio de posició, em situo a l'altra finestra. No aconsegueixo veure què mira amb tanta atenció.

Deixeu-me els prismàtics!

Dona, ¿vols dir que et calen? ¿Què hi tens, al davant del sofà?

Una capsa de cuir. Amb fotografies, llibretes. Hi emmagatzemo records. Me'n vaig a casa. Moltes gràcies!

Fes-nos un senyal si hi trobes el collaret.

...

Deixa-me'ls a mi, els prismàtics. Amb els binocles tu ja en tindràs prou, hi estàs més acostumada.

Mira, ja hi és.

Ens saluda. Saludem-la, també.

Va cap a la capsa. S'ajup.

Ara deu remenar els records. Segur que no l'afecta gens, remoure el passat. És massa jove.

S'acosta a la finestra.

Somriu.

Porta el collaret!
Xoca-la!
Quan ho expliquem a la Lluïsa no s'ho creurà.

Ja hi som. La veïna de dalt torna a estar esverada.

Sí. Quins crits. El que em costa d'entendre és com l'aguanta, el marit. A ell no se'l sent mai.

Perquè no hi és.

¿Què vols dir que no hi és? Bé que el crida pel nom, ella.

Vull dir que hi és físicament, Ernestina, però anímicament no. Viu desconnectat de la realitat. Si no, no aguantaria aquests crits. Aquest mal tracte.

Ostres. Ara corre. Sembla que hi trepitgi un elefant, al nostre sostre.

Ara se'n va indignada. Quin cop de porta!

Des de casa meva no se sent, aquest enrenou. ¿Ho fa gaire sovint?

Cada tres o quatre dies.

Esteu molt distretes. Potser que vingui a viure amb vosaltres.

D'aquí mitja hora tornarà i començarà aquell riure nerviós de falsa felicitat. Sempre riu sola, a ell no se'l sent mai.

Està ben grillada, pobra noia.

Gera, no t'hi amoïnis. Des de la teva habitació, si te la lloguéssim, no sentiries res.

És original, aquest ram de blat que ens has dut. La gent normalment regala flors.

He pensat que del blat se'n fa pa i que el pa ha sigut l'aliment bàsic de la humanitat durant segles.

Ara la cosa ha canviat perquè si ets celíaca...

Ernestina, el regal de la Gera té un sentit metafòric. A més, nosaltres no ho som pas, de celíaques.

Jo trobo, noies, que aquest blat escabellat és ben bonic.

Tens raó, Lluïsa. Gràcies, Gera.

No volia portar-vos flors naturals per si de cas una de vosaltres tenia al·lèrgia. La meva mare no pot suportar l'olor perfumada de les flors.

Des de fa quatre o cinc anys que en tinc. A la teva edat no tenia ni al·lèrgia ni cap destorb físic. Trasbalsos emocionals sí, per descomptat, són propis de la joventut.

Has associat el blat amb la vida i has pensat que aquest ram era el més indicat per nosaltres, ¿oi? Que el sabríem apreciar.

Sí. N'hi havia de tenyit: de color blau, vermell, fúcsia. El natural m'ha semblat el més apropiat. Trobo que la naturalesa no s'ha d'adulterar.

I per això no et maquilles. De fet no et cal, ets tan jove.

Gera. Tens un nom estrany, no l'havíem sentit mai, però és bonic.

Sí. Ho hem comentat aquest matí.

¿Saps què hem fet? L'hem buscat a internet per saber què vol dir. Però sospito que tu ja ho saps.

Esclar que ho sap. Però la Lluïsa segur que no. Hi diu que és una divinitat grega, una personificació de la vellesa. I ens hem enriolat una mica perquè hem tingut la fantasia que potser tindries la nostra edat.

Ens hem equivocat de mig a mig, ¿oi, Ernestina?

Sí, i tant!

És cert que és una personificació de la vellesa. Però els grecs la representaven com una virtut, perquè com més anys fa una persona, com més *geras* acumula, més coratge i més saviesa adquireix. Desitjant *geras* a un nadó, els grecs li desitjaven una llarga vida.

Aquesta noia és sàvia, Ernestina. Nosaltres no ho hem llegit, això.

Internet no sempre és fiable, depèn de les fonts que consultes.

La Viquipèdia, ves. ¿No és el que mira tothom? A l'Enciclopèdia Catalana no l'hi hem trobat.

La Viquipèdia catalana o castellana, suposo. S'ha de mirar l'anglesa, que té molta més informació i és més de fiar.

Caram, noia, em deixes perplexa. Ets molt jove per tenir tanta saviesa acumulada. Deu ser cosa del nom.

Sou molt amables, totes dues. Totes tres.

Mira, noia, no t'enganyarem. Ens caus bé. ¿Oi, Ernestina? ¿Lluïsa?

Si ho dius perquè ningú no ens havia portat cap detall...

Ho dic perquè em sembla una noia intel·ligent i simpàtica.

Tens unes dents perfectes. ¿Ortodòncia?

Esclar. Avui en dia tothom ha portat ferros a la boca durant un temps, més llarg o més curt.

Samarreta rosa i pantalons verds. Una valenta combinació de colors. Ai punyeta, si vas vestida com jo.

A ella li queda més bé que a tu, tot s'ha de dir. Ostres, Ernestina, avui no t'has empolainat.

¿Saps què, Gera? Fins ara, per rebre les visites, sempre m'havia posat de vint-i-un botó.

Més que de vint-i-un botó. S'havia vestit per sortir a l'escenari.

¿Que ets actriu?

Sí, maca. Ho soc. S'és actriu de per vida. Però ja fa anys que vaig abandonar la professió.

¿I per què? No ets pas tan gran. Hi ha actrius que han actuat passats els vuitanta.

Ui! Ara li has tocat el voraviu. Encara no hi arriba, l'Ernestina. I jo tampoc.

Pujar a l'escenari es va convertir en una tasca massa feixuga. Quan era jove no ho hauria sospitat mai, que em passaria. M'he hagut d'aprendre tants diàlegs, tants monòlegs, m'he hagut de fer meus tants personatges que va arribar un moment que tot se'm va barrejar per dins i ja no sabia què era meu i què era de les altres. Ja no sabia qui era jo, de tant representar emocions alienes. Un dia em vaig adonar que havia perdut la personalitat i em va agafar tanta por de desintegrar-me del tot que vaig decidir abandonar l'escena.

Ernestina, cada vegada tens una excusa diferent. ¿Que ja no el recordes, aquell dia que vas tornar d'un assaig ben emmurriada perquè les dues actrius joves no t'havien fet prou reverències? Estaves indignada perquè hi havies hagut de compartir el camerino.

¿Ah sí? No me'n recordo.

¿I aquell dia que em vas confessar que et feia por que el text et fugís del cap a mitja funció?

La Gera ha vingut perquè teniu una habitació per llogar, em penso.

Tens raó, Lluïsa. Diria que ets molt jove, maca. ¿Quants anys tens?

N'he fet dinou no fa gaire.

¿Com és que vols llogar l'habitació?

Ja no tinc l'habitació que tenia. El curs passat vaig compartir un pis d'estudiants amb un noi i una noia.

Ja ho veig. Eren parella i ara volen el pis per ells sols.

No. El pis és dels pares del noi i té tres habitacions. Ara hi aniran a viure dos cosins i nosaltres ens hem d'espavilar.

¿Com és que no busques habitació amb l'altra noia?

Perquè no ens entenem gaire.

I has decidit provar una cosa nova. Compartir casa amb dues dones sàvies i de gran experiència.

La vostra proposta m'ha semblat una bona opció, sí.

¿Has viscut en gaires habitacions més? A part de la de casa teva.

Quan feia segon de batxillerat vaig fer un Erasmus a Lincoln, la capital de Nebraska.

Una bona experiència, segur.

Sí. Hi vaig aprendre molt.

Anglès per descomptat.

Sí.

I a viure, segur que també.

Sí. Encara que vaig patir força. No m'entenia amb la família. Eren molt amables, però passaven de mi. No em deien gran cosa a l'hora dels àpats, no em portaven a fer excursions els caps de setmana. Tenien una filla de disset anys que només feia que llegir, volia ser escriptora, però la veritat és que feia una mica de por. Tenia una mirada tèrbola, inquisitiva, no ho sé, era com si t'estudiés quan et mirava, com si t'estudiés per fer de tu un personatge macabre de novel·la. Escrivia contes de terror.

Ai, mare. No t'ho vas passar gaire bé.

Em vaig sentir molt sola. Sort en vaig tenir de la meva mare, parlàvem sovint per FaceTime.

¿FaceTime? ¿Què punyeta és això?

Una aplicació per parlar pel mòbil i veure't.

És evident que aquest món ja no és el nostre. ¿I què et deia, ta mare, Gera?

Que em queixés. I que mirés de canviar de família. Però a mi em feia pal l'enrenou.

O sigui que vas aguantar com una campiona.

Vaig prendre paciència. Sort que a l'institut tot anava millor. Vaig treure bones notes.

Fas cara de ser una estudiant aplicada.

Soc molt exigent amb mi mateixa. La mare em diu que massa. Però cadascú és com és, ¿oi?

I tant! Les característiques innates, si són positives, s'han de mantenir i potenciar, no escanyar ni destruir.

Caram, Ernestina, quina bona frase! ¿Que l'has treta d'un llibre d'autoajuda? ¿Fas esport, Gera?

Surto a córrer tres quarts d'hora cada vespre.

Deunidó. Estàs en forma, doncs.

Això segur. ¿Com no hi ha d'estar si té dinou anys?

Escolta, fa estona que hi dono voltes. ¿Com és que no vius amb els pares?

La mare viu a Girona i el pare a Salt.

¿Que és negre?

Ernestina, ves quina pregunta de fer.

A Salt hi viuen molts negres.

No, no és negre. Però viu a Salt. N'hi ha uns quants de blancs, també, allà.

Molt bona resposta, Gera!

I tu vius a Barcelona. ¿Com és això? ¿Que estàs estudiant?

Sí, estudio medicina.

Medicina! A mi m'hauria agradat, ser metge. Si no hagués sigut actriu, hauria sigut metge.

Ernestina! No m'ho havies dit mai!

No cal explicar-ho sempre tot. Aquest era un desig que tenia amagat.

Tan amagat que potser ni tu mateixa el sabies. Però si la visió de la sang et fa marejar, Ernestina, ¿com hauries pogut ser metge?

Depèn de l'especialitat que hagués triat, ¿oi, Gera? Els metges no sempre han de tenir contacte amb la sang.

¿Quina especialitat vols fer, tu?

Encara no n'estic segura. Però per ara m'agradaria ser cirurgiana.

Cirurgiana! Per salvar vides! Quina professió més lloable!

Tens el pols ferm i les idees clares. Està molt bé que et plantegis la possibilitat de canviar d'opinió. No hi ha res inamovible, en aquesta vida.

No es pot dir mai d'aquesta aigua no en beuré ni aquest cul no lleparé.

Ni aquest capellà no és el meu pare. Ho afegeixen a Girona, això.

¿De debò? És bona, aquesta!

¿Que no fan medicina, a Girona?

Esclar que sí. Però prefereixo la Pompeu Fabra.

Ben fet. I no viure a casa de la mare o del pare.

M'han deixat sempre molta llibertat. M'han ensenyat a ser responsable dels meus actes. Tots dos estan contents que visqui a Barcelona. De tant en tant, pujo un cap de setmana. Parlem molt per telèfon, tenir els pares una mica lluny però ben a prop és el millor que hi ha.

Tens raó. És una bona manera de créixer. Si a nosaltres de joves ens haguessin educat així...

No ens ha anat pas tan malament, tal com ens han educat, Ernestina, no ens podem queixar. Els temps, els costums, les mentalitats, tot canvia amb els anys, és llei de vida.

Amb els anys l'únic que no canvia és la veu. Si tanco els ulls i m'escolto, em sembla que tinc trenta o quaranta anys menys.

Mira que ets narcisista, Ernestina, i la Gera només ens vol llogar l'habitació. Fes-li alguna pregunta PER-TI-NENT, ja que de jove volies ser metge. Esmerila't, va.

¿Quina assignatura t'ha interessat més, de les que has fet?

Dissecció.

Punyeta. No t'hi poses per poca cosa. Amb aquesta jo no hauria pogut. A la primera classe ja m'hauria desmaiat.

La Gera vol ser cirurgiana, Ernestina, segur que no l'espanten ni la sang ni un cos esventrat.

No m'espanten. Encara que de la dissecció de primer curs en diuen així, en realitat no disseccionem res. Fem observació i palpació per familiaritzar-nos amb les parts del cos. Només això.

Vols dir que no teniu un bisturí a les mans i no aneu obrint cadàvers.

Exacte. A més, aquesta assignatura ens la fan abans de la teoria, de manera que no en sabem gaire. Només palpem.

Uix. ¿I què palpeu?

Doncs per exemple un tronc obert. Hi podem veure els forats, allà on comença l'esòfag, posem per cas.

Ai punyeta. ¿Un tronc? ¿Sense cap?

De vegades amb cap i de vegades sense. Però si té cap ens el tapen, com a les pel·lícules.

Això em comença a fer angúnia.

Doncs no en fa gens. Ens posen cossos de vells seccionats en unes taules...

Ja hi som. De vells, esclar. Com que són una molèstia, apa, a les taules de pràctiques.

Ernestina, no t'ho prenguis així. Els vells es moren i suposo que al jovent els fa molta menys impressió si tenen un cos de vell per inspeccionar que no pas un de jove com el seu, ¿oi, Gera?

Sí. Ho fan per això. Ens ho van explicar. I com

que te n'hi trobes fragments, a les taules, mai un cos sencer, és molt difícil que t'hi puguis identificar. A mi no em va fer gens d'angúnia, de debò.

Si els cossos estan seccionats, algú les deu fer, aquestes seccions. ¿Tenen una sala plena d'instruments tallants i allà els van serrant i fent a miques? Deu haver-hi gent que es dedica precisament a això, a tallar cadàvers de vells a trossos. Quina feina més macabra. ¿Tu la faries, Gera?

Ernestina, que vol ser cirurgiana, no Jack l'esbudellador de cadàvers. Encara que estic segura que la gent que la fa, aquesta feina, ja s'hi ha acostumat.

Doncs quin costum més desagradable, punyeta. Però ja veig que a tu això no t'afecta gens, no has perdut el somriure ni un moment. Aquesta qualitat teva m'agrada.

Moltes gràcies.

¿Ho veus, Ernestina, com tu no hauries pogut ser metge mai de la vida? No hauries aprovat cap de les assignatures de pràctiques.

Hi havia un noi molt ben predisposat que després de la dissecció es va passar a enginyeria electrònica i biomèdica.

Doncs ja fan bé de posar-vos una assignatura d'aquestes al començament de la carrera, així els febles de coratge poden llançar la tovallola.

Va, Gera, explica'ns més coses.

¿Ara se't desperta el morbo, Ernestina?

És que tinc curiositat, vet aquí. ¿Quantes taules teniu? ¿Quanta gent sou, fent les pràctiques?

Un màxim de vint persones. I tenim al davant unes quatre o cinc taules, som quatre per taula i anem canviant-nos de lloc, de manera que ho toquem tot. Hi ha una taula només amb extremitats superiors, una altra amb troncs...

Una altra amb peus i cames... Ja m'ho imagino. Marededeusenyor. ¿Ho veus, Paula? Ja t'ho dic jo, que no hem de donar el cos a la ciència.

Cada part del cos seccionada va etiquetada amb l'edat i la data de defunció. Està tot molt ben endreçat.

¿I el sexe? ¿No està etiquetat?

No cal. Ja es distingeix prou.

Ah, esclar.

¿I hi ha morts molt antics? ¿D'abans de la pandèmia?

Em penso que n'hi havia algun d'abans del 2010.

Punyeta! ¿I com les conserven, aquestes relíquies? Les deuen anar entrant i traient de les cambres frigorífiques. Esclar que això ho deuen fer només amb les extremitats, perquè amb els troncs deu ser més complicat, si tenen vísceres.

Hi ha troncs buits, sense els budells ni res, només amb la carn i el greix, que és de color groc. Jo sempre me l'havia imaginat blanc, no sé per què.

¿I què feu, amb els troncs i els peus i les mans i les cames? ¿Els aneu girant com si féssiu una truita?

Fem servir pinces per separar venes i apartar pells. Els palpem.

¿Amb guants?

Sí, esclar.

Només faltaria, Ernestina. Tens cada idea de bombera. Es-tra-tos-fè-ri-ca.

¿I què palpeu?

Tot. Un dia teníem al davant un tronc masculí buidat, amb un membre flàccid i petit. Un company li va palpar el sexe per tot arreu, estirant per aquí, arronsant per allà, i li va introduir l'índex per la part anterior per comprovar que anava a parar a l'anus.

¿Va tenir èxit, la inspecció?

Sí. Li va quedar el dit brut d'excrements.

Ecs.

Llavors aquest cadàver no devia ser dels d'abans de l'any 2010.

Segurament que no. Després va girar el tronc per palpar-li les natges i mirar-li bé totes les arruguetes de l'anus. Els altres tres de la taula ens ho miràvem estupefactes.

Ecs.

¿I no fa pudor, aquesta sala on treballeu? Perquè gaire estona allà dintre, l'Ernestina estic segura que no la podria resistir.

De pudor no en fa. Més aviat fa molta olor de formol. Hi ha gent que no la suporta, això sí.

¿I què fan per evitar-la?

Alguns es posen pomada al nas, o la mascareta.

¿I tu? M'hi jugo un pèsol que tu no et posaves res.

Hauries guanyat el pèsol. Jo no necessitava protegir-me. No necessitava ni fer les brometes estúpides que feien alguns per distanciar-se de tot el que teníem al davant.

Que era carn humana, no ho oblidis.

Humana, vella i morta.

¿Quanta estona us estàveu allà dins, remenant carnassa? Mor-ta.

Les sessions duraven una hora i mitja. Però com que anàvem canviant de taula, el temps passava volant. No se'm van fer gens pesades.

Gera, aquesta capacitat que tens per posar-hi distància farà que siguis molt bona cirurgiana, no en tinc cap dubte.

Moltes gràcies.

Em fa l'efecte que també series molt bona metge. Parles amb realisme, però amb amabilitat. No et burles de les misèries humanes ni les magnífiques. Tindràs una relació molt empàtica amb els pacients, n'estic segura.

Tu no has triat la professió. La professió t'ha triat a tu.

Segurament. Des de molt petita que volia ser metge. La mare sempre m'ho recorda. Es veu que quan tenia quatre o cinc anys ja ho deia.

De vegades passa, això, sobretot amb les professions artístiques. La medicina ho és, en certa manera.

No ho havia pensat mai, però potser tens raó. La medicina pot ser molt creativa. I la cirurgia també. Demanen grans dosis d'imaginació, però també de concentració, de rigor, de ciència.

Esclar. S'ha d'estudiar molt. I això a tu no et fa gens de por.

Em penso que a la Gera no li fa por res. No li fa por la sang. No li fan por els trossos de vells escampats per una taula metàl·lica. Tampoc no li deuen fer por els malalts.

No. Els malalts existeixen i se'ls ha d'ajudar. Tinc una amiga que està estudiant infermeria i que m'ha explicat unes coses molt interessants de les seves pràctiques a l'hospital.

¿Ah sí? ¿Com ara què?

Doncs que els cossos vells fan molta pudor.

Ja hi tornem a ser amb els vells.

És que li va tocar la planta de geriatria.

Gera, geriatria.

Efectivament, *gera* és l'arrel de paraules com geriatria. O geriàtric.

No sortim del terreny dels vells.

No és culpa seva si fan pudor. És el cos. La pudor de suor es barreja amb la dels excrements. Quan havia de netejar els penis s'hi trobava fongs, la meva amiga. Va aprendre a netejar-los i es va acostumar a la pudor. Es posava dues mascaretes, això sí.

¿I com l'hi ensenyaven a fer, això? ¿Hi ha classes teòriques?

No, no. El primer dia observen com ho fan les infermeres, el segon ja les ajuden, i al cap de quatre o cinc dies fan la higiene soles.

Deu ser útil, el contacte directe amb les misèries humanes. És un concepte molt democratitzador.

Ernestina, no cal que siguis cínica.

És una feina. I s'ha de fer ben feta.

Estic convençuda que la teva amiga va establir relacions de simpatia amb algunes de les persones al seu càrrec. ¿No t'ho sembla, Lluïsa?

Estic segura que sí.

Doncs teniu raó. Quan va acabar les pràctiques, els parents d'algunes pacients la trucaven per donar-li les gràcies i per dir-li que la trobaven a faltar.

Devia estar contenta. El reconeixement sempre satisfà.

L'Ernestina no pot oblidar que és actriu. Segur que encara sent les ovacions.

És una professió molt bonica i molt interessant. Has acumulat unes vivències extraordinàries. Podries escriure un llibre sobre el teatre.

Gràcies, maca. És una idea que no descarto.

Tu ja comences a acumular vivències extraordinàries, encara que siguis tan jove.

D'una altra mena.

Explica'ns alguna cosa dels pacients de l'hospital.

Hi havia dues dones velles (ho sento, Ernestina, però és que ho eren) que compartien habitació. L'una tenia la síndrome de Diògenes i havia perdut el cap. No s'hi podia parlar de res. L'altra havia caigut i estava en observació, no tenia res trencat, però li havien de fer proves, ressonàncies i tacs. Aquesta, que es deia Mercè, a l'hora dels àpats esmicolava pa en una capseta i a mitja tarda sortia al jardí i donava les molles als coloms.

Mira, com tu a les tórtores, Ernestina.

No fa gens de gràcia. Continua, Gera, no te l'escoltis, la Paula.

Un dia se li va posar un caragol a dins de la capseta i va anar a parar a l'habitació. Quan se'n va adonar, la Mercè el va adoptar com si fos un animal de companyia, el deixava sortir a les nits, deia que el caragol necessitava unes hores de llibertat, i l'endemà al matí el buscava per tota l'habitació i el tornava a posar a la capseta. Quan la meva amiga me la va explicar, la història del caragol, em va fer molta tendresa. Ja m'imaginava la velleta ajupida pels racons, cridant el seu caragol.

Doncs jo ho trobo ben trist. Com que no podia parlar amb la companya d'habitació, la pobra Mercè estava obligada a socialitzar amb un caragol.

Gera, em penso que t'hauria agradat fer-les tu, aquestes pràctiques, ¿oi?

I tant que sí. A medicina haurien de ser obligatòries. S'hi ha d'aprendre molt. El contacte directe amb el malalt és indispensable per ser un bon metge. Segons la meva amiga, de vegades les infermeres són les que en saben més d'un cas concret. Els metges les haurien de valorar més perquè són elles que fan les cures i coneixen l'estat real del pacient.

M'imagino que la relació professional deu ser molt jeràrquica, en un hospital.

Sí. Les infermeres no poden fer res que el metge no hagi prescrit. Però de vegades el sentit comú pot arribar a ser més eficaç que la ciència. Els metges ho haurien de tenir ben present.

Ets reivindicativa, Gera, m'agrada que siguis així. Anem molt bé.

¿Vols dir que em llogareu l'habitació?

Tens molts punts. Ui, ¿quina hora és? Ens ha passat el temps volant. Ernestina, ¿i si la convidéssim a sopar? ¿Què et semblaria? Ens podries continuar explicant històries. Tu també et pots quedar, Lluïsa.

Moltíssimes gràcies, però no puc, de debò. He quedat amb uns amics per anar a prendre alguna cosa.

Jo sí que accepto la invitació.

Hauré de marxar si no vull fer tard. Em sap greu, perquè m'ho estic passant molt bé amb vosaltres, però ja tindrem ocasió de fer sopars. Amb una mica de sort.

Si te n'has d'anar, te n'has d'anar. Ha sigut un plaer coneixe't, ¿oi, noies?

Sí. Per una vegada estic d'acord amb la Paula.

Jo també.

Et direm alguna cosa ben aviat, maca. I gràcies pel ram de blat.

Fins aviat, doncs.

L'Ernestina i jo hauríem menjat patata i mongeta i ens hauríem partit una truiteta. Però potser que fem alguna cosa més fina per sopar.

Faré una amanida de salmó amb poma verda i tàperes. I una vinagreta de mostassa. ¿Us va bé?

Perfecte. Pararé taula a la terrassa. ¿M'ajudes, Lluïsa? Després de sopar, podríem puntuar les visites que hem tingut fins ara. Jo diria que la Gera és la que guanya. ¿A tu què et sembla?

¿Saps què et dic, Paula? No la lloguem, l'habitació. Continuem el càsting. Ara m'hi començo a divertir.

El càsting
1a edició: febrer de 2024

Carrer Coves d'en Cimany, 2 – 08032 Barcelona
club@clubeditor.cat
www.clubeditor.cat

Dibuix de la guarda: Alejandro Dardik
Disseny de coberta: Aina Bonet
Disseny de col·lecció: Ángel Uzkiano
Correcció: Maria Bohigas, Carles Dachs,
Maria-Arboç Terrades
Imprès a Romanyà Valls

ISBN: 978-84-7329-433-1
Dipòsit legal: B 125-2024

EL CLUB DELS NOVEL·LISTES

1. Xavier Benguerel
   El testament
2. Andrei Guelàssimov
   La set
3. Aurora Bertrana
   Entre dos silencis
4. Maria Antònia Oliver
   Cròniques d'un mig estiu
5. Llorenç Villalonga
   L'hereva de dona Obdúlia
   o Les Temptacions
6. Sebastià Juan Arbó
   Tino Costa
7. Ismaïl Kadaré
   El palau dels somnis
8. Joan Sales
   Incerta glòria

9. Ismaïl Kadaré
Fredes flors de març
10. Stefanie Kremser
Postal de Copacabana
11. Elias Khoury
La cova del sol
12. Aimee Bender
Criatures obstinades
13. Llorenç Villalonga
Un estiu a Mallorca
14. Antonin Varenne
Allò que heu parit
15. Andrei Guelàssimov
Raquel
16. Maria Valéria Rezende
El vol de l'ibis roig
17. Kirsty Gunn
Featherstone
18. Aharon Appelfeld
Flors d'ombra
19. Gassan Kanafani
Retorn a Haifa / Homes sota el sol
20. Joan Bodon
Catoia l'enfarinat
21. Cristovao Tezza
El fill etern
22. Michael Connelly
El veredicte de llautó

23. Elias Khoury
Ialo
24. Per Petterson
Maleeixo el riu del temps
25. Marc Cerdó
Males companyies
26. Aharon Appelfeld
En Bartfuss, l'Immortal
27. Loís Delluc
El Garrell
28. Pierre Michon
Els Onze
29. Alice Munro
Massa felicitat
30. Michael Connelly
Nou dracs
31. Hervé Guibert
L'home del barret vermell
32. Josep Maria Ballarín
Mossèn Tronxo
33. Blai Bonet
El mar
34. Per Petterson
Cap a Sibèria
35. Alan Paton
Plora, pàtria estimada
36. Alice Munro
Odi, amistat, festeig, amor, matrimoni

37. Michael Connelly
L'Espantaocells

38. Sebastià Juan Arbó
Notes d'un estudiant que va morir boig

39. Christian Garcin
Desapareixen dones

40. Biel Mesquida
Llefre de tu

41. Blanca Llum Vidal
Homes i ocells

42. Joan Sales
El vent de la nit

43. Yishai Sarid
El poeta de Gaza

44. Nikos Kavadias
Li i altres relats

45. Alice Munro
Estimada vida

46. Guillem Frontera
L'adéu al mestre

47. Joaquim Amat-Piniella
La clau de volta

48. Aharon Appelfeld
Tsili, història d'una vida

49. Hervé Guibert
Els meus pares

50. Marc Cerdó
Cor mentider

51. Alice Munro
Dansa de les ombres felices
52. Fiódor Dostoievski
Els germans Karamàzov
53. Guillem Frontera
Sicília sense morts
54. Víctor Català
Un film (3000 metres)
55. Joan Bodon
El llibre dels finals
56. Lluís Maria Todó
L'últim mono
57. Maksim Óssipov
El crit de l'ocell domèstic
58. Sebastià Perelló
Veus al ras
59. Blai Bonet
Judes i la primavera
60. Mercè Rodoreda
La plaça del Diamant
61. Eileen Chang
L'amor que fa caure ciutats
62. Per Petterson
Sortir a robar cavalls
63. Siegfried Lenz
Lliçó d'alemany
64. Natalia Ginzburg
La ciutat i la casa

65. Lutz Seiler
Kruso
66. Nii Ayikwei Parkes
L'enigma de l'ocell blau
67. Lluís Maria Todó
Gramàtica dels noms propis
68. Mercè Rodoreda
La mort i la primavera
69. Antònia Carré-Pons
Com s'esbrava la mala llet
70. Eva Baltasar
Permagel
71. Víctor Català
Tots els contes, 1
72. Mercè Rodoreda
Mirall trencat
73. Boris Vian
L'arrencacors
74. Marguerite Duras
La vida material
75. Nikos Kazantzakis
El Crist de nou crucificat
76. Víctor Català
Tots els contes, 2
77. Marta Marín-Dòmine
Fugir era el més bell que teníem
78. Charlotte Delbo
La mesura dels nostres dies

79. Víctor Català
Tots els contes, 3
80. Alice Munro
¿Qui et penses que ets?
81. Joan Sales
El vent de la nit
82. Mercè Rodoreda
Quanta, quanta guerra...
83. Eileen Chang
Brasers
84. Aleksandr Puixkin
Eugeni Oneguin
85. Franz Kafka
El castell
86. Charlotte Delbo
Cap de nosaltres tornarà
87. Yishai Sarid
El monstre de la memòria
88. Eva Baltasar
Boulder
89. Patti Smith
L'Any del Mico
90. Mercè Rodoreda
El carrer de les Camèlies
91. Per Petterson
Homes en la meva situació
92. Sebastià Perelló
La mar rodona

93. Maria Campbell
Mestissa
94. Marion Brunet
L'estiu circular
95. Clarice Lispector
L'hora de l'estrella
96. Charles Dickens
Història de dues ciutats
97. Guillem Frontera
Tyrannosaurus
98. Nikos Kavadias
Guàrdia
99. Martí Sales
Aliment
100. Juan Marsé
Aquesta puta tan distingida
101. Clarice Lispector
Un alè de vida
102. Joan-Lluís Lluís
Junil a les terres dels bàrbars
103. Víctor Català
Mosaic III
104. Lutz Seiler
El pes del temps
105. Anton Txékhov
24 contes
106. Maksim Óssipov
Pedra, paper, estisores

107. Jaume Ferrer
Unsex me!

108. Eva Baltasar
Mamut

109. Blanca Llum Vidal
La princesa sou Vós

110. Auður Ava Ólafsdóttir
La veritat sobre la llum

111. Monika Maron
Animal trist

112. Patti Smith
Uns marrecs

113. Blai Bonet
Míster Evasió

114. Joan-Lluís Lluís
El dia de l'ós

115. Per Petterson
M'hi nego

116. Clarice Lispector
A prop del cor salvatge

117. Yishai Sarid
Victoriosa

118. Eva Piquer
Aterratge

119. Clarice Lispector
Aigua viva

120. Jesús Moncada
Històries de la mà esquerra

121. Jesús Moncada
Estremida memòria
122. Joan-Lluís Lluís
Els ulls de sorra
123. Bernardo Zannoni
Les meves idees estúpides
124. Mercè Rodoreda
Jardí vora el mar
125. Roser Vernet
Lo mig del món
126. Sebastià Perelló
Exercicis de desaparició
127. Marguerite Duras
Moderato cantabile
128. Kim de l'Horizon
Llibre de sang
129. Eva Baltasar
Tríptic
130. Lev Tolstoi
Tres novel·les breus
131. Leib Ròkhman
A passes cegues per la terra

"A mi el que em salva és l'escriptura; l'escriptura em permet irritar els enemics i complaure els amics."

MARC CERDÓ, *Cor mentider*